秘密

〔日〕谷崎润一郎 著

郑民钦 译

中国出版集团
现代出版社

目录

卍

一

先生，我今天特意前来拜访，就是打算把我的事情全部告诉您。您正在工作，这样打扰您不要紧吗？本来嘛，要细说的话，还真是说来话长。要是我能有点笔头功夫的话，心想自己把这件事的来龙去脉原原本本地写下来，采取小说那样的形式，然后请先生过目。……其实我最近还真的写了一点，只是事情过于错综复杂，不知如何下笔，对我来说，束手无策。没有办法，无奈只好前来打扰先生，讲给先生听。不过，我无谓浪费先生如此宝贵的时间，实在过意不去。真的不要紧吗？我每次都得到先生的亲切接待，仗着这种好意，竟多次给您添麻烦，真不知如何感谢才好。

至于先生先前一直惦念的那个人，我必须说说后来的情况，正如上一次所说的那样，既然您说到那个程度，我经过认真的思考后，就毅然和他断绝来往。刚开始还有点恋恋不舍，时不时还会想他，尤其在家里的时候就像歇斯底里发作一样，但后来逐渐知道此人不走正道。……我以前总是心神恍惚似的找个听音乐会之类的借口一天到晚往外跑，但自从到先生家里聆听教导以后，我完全变了样，每天心平气和地待在家里练习绘画、学习钢琴。丈夫看到我的变化，说“你最近变了，这才像个女人的样子”，他心里对先生充满感激。

不过，我没有把那个人的事告诉丈夫，虽然您说“对丈夫隐瞒过去的失误不好，本来就没有发生肉体上的关系，应该更容易坦诚，把事情的经过一五一十地告诉他”，但是……也许丈夫已经有所察觉，但我还是觉得难以启齿，心想以后我自己注意不再犯错就行了，便把事情深埋心底。所以，丈夫并不知道先生对我说了哪些话，以为大概就是各种有益的开导，还说“心情转变是一个好现象”。

此后，我就老老实实地待在家里，丈夫见我这个样子，觉得可以放心了，同时觉得自己也不能这样赋闲在家，便于去年二月左右在大阪的今桥大厦租了间办公室，开了一家律师事务所。

嗯，对了，我的丈夫在大学攻读的是德国法律专业，随时都可以当律师，但是，起先他一心想当大学教授，在我出事的那一段时间，他还一直去研究生院读研，后来不知为什么，想当律师，似乎也没有什么特别的原因。我心想大概是他一直得到我娘家的关照，觉得没面子，在我面前抬不起头的缘故吧。其实丈夫在大学时代是公认的高才生，以优异的成绩毕业。我的父母对他很满意，这么出类拔萃的人上哪儿找去，于是我就嫁给了他，他就像上门女婿一样。父母还把一部分财产分给我们，说“不用着急，想当学者就去当学者，慢慢学吧。要是想出国留学的话，两口子一起出去两三年都没问题”。——丈夫起初非常高兴，似乎他早有这个打算。——可是，也许由于我的任性孤行，倚仗娘家有钱，对他颐指气使，让他心头不快。他这个人是天生的学者气质，书呆子气十足，待人冷淡，说话生硬，直来直去，不擅长与人打交道，当上律师以后，也没多少业务，可是每天照样按时去事务所。而我终日闲居家中，无所事事，闷极无聊，又不由自主地想起本已忘却的往事。

以前只要有空就写和歌，和歌承载了许多回忆，但是最近写不下去了。这样下去，就会想一些无聊的事情，所以总得找一点消磨时间的事干。——先生大概也知道吧，天王寺附近有一所技艺学校，一所很不起眼的私立学校，开设有绘画、音乐、裁缝、刺绣等学科，获得入学资格一点也不难，大人小孩都可以进。我以前学过日本画，虽说画得不好，但对绘画多少有点兴趣，于是每天早上和丈夫一道出门，也算是入了学。当然，并不是每天如此，那所学校也不正规，什么时候想休息随时可以不去。

丈夫对绘画、文学之类毫无兴趣，但是支持我去学校，他说“这个想法很好，用功学习吧”，好像是在他的动员下，我才去上学的。我早上出门，有时九点，有时十点，没有固定的时间，反正他的律师事务所大抵也没什么业务，不管我多么晚，他总是等着我，一起乘坐阪神电车到梅田，然后换乘“一日元出租车”[①]到堺町的电车街的今桥，丈夫下车，我继续坐车到天王寺。丈夫似乎很喜欢早上和我一起出门，说“好像回到学生时代”，我说：“哪有两口子坐出租车上学的学生啊？那不是怪事吗？”他听了，哈哈大笑起来，显得特别高兴。下午回家，也尽可能相约同行。我给他打电话，或去他的事务所，或在难波[②]、阪神车站会合，然后一起走到松竹座看一场电影。这样一来，我和丈夫之间的关系变得十分融洽和谐。

大概是四月中旬吧，因为一件微不足道的小事，我和校长吵了一架。说起来令人费解——学校请来一个模特儿，让她穿各式各样的服装，摆出各种各样的姿势——但其实日本画是不需要裸体模特儿写生的。那一次请来的是一个名叫 Y 子的十九岁的姑娘，据说是大阪的名模。她摆出杨柳观音的造型——这样一来，就跟裸体差不多了，倒多少也可以顺便研究一下裸体。我和其他学生一起写生。有一天，校长忽然走进教室，看着我的画，说道：“柿内太太，你的画一点也不像模特儿，你心里是不是有另一个模特儿啊？”说罢，意味深长地笑起来。问题是不光他一个人笑，其他同学也跟着哧哧窃笑起来。我不

---

① 一日元出租车，1924 年最早在大阪出现的价格一律一日元的出租车。后价格发生变化以后，“一日元出租车”这个称呼保留下来。

② 难波，大阪的中央区与浪速区之间的地名。

由得大吃一惊，满脸通红，但是当时我并不知道自己为什么会赧然脸红。现在想起来，那时应该是脸红了，但也许并没有赧颜。只是被校长说“你心里是不是有另一个模特儿”，其实我一直没有意识到这一点，他这么一说，我心头一下子惊悚起来。我在写生的时候，并没有确定谁作为模特儿，脑子里除了Y子之外，还镌刻着另一个人的形象，一边注视着眼前的Y子，却不知不觉地将脑子里另一个人的形象作为模特儿。——其实并非特意如此，而是不由自主地描绘那个人的形态。

先生大概知道这个人指的是谁，我无意识中当作模特儿的这个人——反正已经上了报纸，我还是直说了吧——她就是德光光子小姐。①不过，当时我还没有和她成为朋友。她学的是油画，教室不同，没有接触的机会，所以她也不认识我，即使见过面，我觉得也不会引起对我的关注。但是，她给我的印象很好，觉得是我喜欢的人，不过，我和她没有说过话，对她的性格品行一无所知。——怎么说呢？只是一种总体的感觉。不过，我很早就开始注意，证据之一，并没有人告诉过我，我就已经知道她的姓名和住所——她是船场附近一家呢绒批发商的小姐，家住阪急线的芦屋川。被校长指出以后，后来我仔细端

① 柿内遗孀有过那次异常的经历以后，并未见任何憔悴的迹象，穿着打扮、态度举止都和一年前一样，照样光鲜耀眼，一点也不像遗孀的样子，莫如说是典型的关西贵少妇。她并非美女，但只要一说到“德光光子”这个名字，脸上就放射出异常亮丽的光彩。——作者注。

详自己的写生，那幅肖像画果然像光子，不过我不是故意想模仿，也没有故意去模仿。虽然写生的模特儿是Y子，但目的不一定就是临摹她的容貌吧？ Y子摆出杨柳观音的姿势，让我们研究其身段、白衣皱褶的状态，表现出观音菩萨的神韵。我认为：也许Y子是美女名模，但光子比她更漂亮，感觉光子作为杨柳观音写生的模特儿没有不合适的啊。

二

过了两三天，还是写生课，校长又走进来，站在我的画板前，冷冷地笑着，说道："柿内太太，你画得太古怪了，越来越不像模特儿。你究竟把谁作为自己的模特儿？"那一双冷嘲热讽的眼睛死死盯着我的脸。

我一下子火气上来，故意反问道："哦，是吗？不像模特儿吗？"

再说了，你也不是教绘画的老师啊！——教日本画的是简井春江先生，他不是每节课都来，来的时候就指导学生哪儿画得不好、这儿应该这么画，经常是放手让学生随意写生。这位校长在教养科教英语，连学士都不是，不知道是在哪所学校混毕业的，也没有像样的学历。后来我才知道，他根本就不是教育家，充其量只是学校的经营者，或者说在经营方面有两下子。他对绘画一窍不通，本来就没必要多嘴多舌，把学科教育的事交给专业教师就行了，偶尔到教室转转，现在却偏偏在我上写生课的时候特地跑来，对我的画说三道四，妄加评论。

他用讥讽的口吻说道："嚯，是这样的吗？你觉得自己的画像这个模特儿吗？"

我也装糊涂地回嘴道："是的。我画得不好，所以可能不太像。但我用心按照模特儿一丝不苟写生的。"

"不。你不是画不好，你画得相当好。只是这张脸，感觉好像是别人的脸。"

"哦，您说的是脸啊，这是按照我自己的理想画出来的。"

"那么，你的理想是谁的脸呢？"

我讨厌这种刨根问底，回答道："这是理想，并没有具体的什么人。我只是想画出与观音菩萨相符合的那种外貌，表现出清纯的感觉。这难道不行吗？难道非要画出与模特儿一模一样的那张脸吗？"

"你这是无理搅三分。你既然能够按照自己的想象写生，那就没必要来学校学习了。正是因为不能按照自己的想象写生，才需要模特儿。既然你能随心所欲地绘画，那干吗还需要模特儿？何况如果认为这个观音菩萨与别的什么具体的人相似的话，那只能说明你所谓的理想太不严肃了。"

“恰恰相反，我是非常严肃的。即使这张脸像每一个人，只要能表现出观音菩萨的气质来，这在艺术上是问心无愧的。”

“不，你说得不对。因为你还不是艺术家。即使你觉得这个人的脸十分清纯，但别人是否也这么认为呢？这就是问题之所在。你这样做会引起误解的。”

“嗬，误解？会引起什么误解？您口口声声说和别人相像，那请您说说，究竟和谁相像？”

校长顿时语塞，有点慌神，说道：“你这个人真犟。”

校长不再说话。

我见校长被我驳得哑口无言，觉得自己吵赢了，浑身舒畅。而且，我在学生们众目睽睽之下，敢于与校长针锋相对，获得大家的赞赏。但很快就传出流言蜚语，无稽之谈不胫而走，说我想和光子搞同性恋，光子和我的关系不正常。——刚才我说过，那个时候我和光子都没说过一句话，无中生有的造谣实在太可恶了。我感觉到大家都在背后嘀嘀咕咕地议论我，但是我做梦也没想到会闹得满城风雨。我心想根本就是谎话妄言，不论别人怎么说，自己心中坦荡。世人喜欢无事生非，捕风捉影，到处传播，给两个毫无交往的人胡编乱造关系不正常的谎言也太荒谬了，彻头彻尾的诬陷，简直难以置信，气得我满心愤懑。

然而，我自己倒无所谓，担心的是不知道光子怎么想，大概一定受到牵连，给她带去烦恼苦闷吧。后来在学校里遇见她的时候，总觉得过意不去，不敢像以前那样盯着她看，又不便主动打招呼表示歉意。——要那样做的话，也许反而给她增添麻烦。所以每次遇见光子，我总是尽量不流露出道歉的心情，低着脑袋，缩着身子，匆匆忙忙地从她身旁快步溜过去。但又担心她生气，想看看她是什么样的脸色，心里惦念着，因此在与她擦肩而过的瞬间，会偷偷瞟一眼她的脸色。但是，光子的态度一如既往，没有丝毫变化，看不出她对自己生气的样子。

哦，对了，我带来一张照片，您看看。这是我们穿着新做的一模一样的和服时拍摄的照片，也就是刊载在报纸上的那张引人非议的照片。您一看就知道，虽然我们并排站在一起，但我完全就是一个陪衬的角色。光子在船场一带也是如花似玉的美人。[①]先生，您觉得她长得漂亮吗？这日本式发髻与她十分般配吧？

对了，据说她妈妈喜欢日本发式，她也就经常梳着日式发髻到学校来。这学校本来就很自由，也没有校服，梳日髻、穿裤裙，都无所谓，我有时候就穿着裤裙上学。光子小姐偶尔也

---

① 从照片上看，这一身和服完全是关西人喜欢的那种鲜艳花哨的色彩。柿内遗孀梳着西式发髻，光子梳着岛田发髻，在大阪的姑娘中，那一双眼睛也是热情如火，圆润流眄。一言以蔽之，绝对具有天生的恋爱高手的气魄、充满魅力的眼神。这个女人的确貌美如花，柿内遗孀说自己不过是她的陪衬，并非过谦之词。不过，这副容貌是否与杨柳观音的容貌相吻合，值得怀疑。——作者注。

穿西服，但一般都是和服便装。从这张照片上看，由于她梳着日式发髻，看上去要比我小三岁左右，其实只比我小一岁，二十三岁的时候照的。——要是活着的话，今年是二十四岁。不过，光子比我高一两寸[②]，人又长得漂亮，尽管没有故意拿脸蛋炫耀，但多少还是显出自信的样子，或许因为我自卑才有这样的感觉。即使和她成为好朋友以后，虽然我比她大，但总觉得自己就像她的妹妹。

还是回到刚才的话题吧。——我和她还没有交往的时候，外面的风言风语应该没有传到她的耳朵里，她的表情态度和平时一样，毫无变化。我早就觉得她貌美如花，在流言满天飞之前，只要她迎面走来，我就情不自禁地迎上前从她身边走过。然而，光子似乎目中无我，瞧也不瞧我一眼，我竟然觉得她走过去时那一股流动的空气都美妙温柔。我心想，要是她也听到那些流言，肯定会注意到我的。也许她会觉得我很讨厌，也许她会觉得我很可怜，总之会在举止表情上流露出来吧，可是我完全没有这种感觉，于是我厚着脸皮逐渐靠近她，观察她的表情。

一天午休的时候，我在休息室偶然碰见她。她不像平时那样对我视而不见，不知何故，对我微微一笑，准确地说，是眼

② 按日本传统计量制尺贯法，1 尺 =10 寸，1 寸 =10 分。1 寸约为 3.03 厘米。

含笑意。我不由自主地对她行礼致意。她径自走过来，说道：“这些日子太对不起您了。请您原谅。”

“哎呀，怎么能这么说呢？要说道歉的话，应该是我向您道歉。”

“您用不着道歉。您什么都不知道，有人陷害我们，您可要多加小心啊。”

“是这样啊？——是谁啊？”

“是校长。这里说话不方便，我们出去，找个地方，一边吃饭一边谈，可以吗？我把事情的详细情况告诉您。”

“那好，我跟您走。”

我们来到天王寺公园附近的一家餐厅，光子一边吃西餐一边把事情的原委说给我听。她说在外面造谣搬弄是非的是校长。听她这么一说，我心想是这么回事，他无缘无故跑到教室里，当着大家的面羞辱自己，这本身就不正常。只能说明他对自己用意歹毒。可是，校长为什么要这样飞短流长呢？据光子说，因为校长要给她制造品行不端的传闻。这又是怎么回事呢？原来那时有人给光子介绍一门亲事，对方是大阪有名的富豪 M 家的少爷，光子本人不太热心，但她父母亲想攀龙附凤，对方也希望娶到光子。然而，就在这时，有人把大阪市一个议员的小姐介绍给 M 家。于是，光子家就和议员家形成竞争关系。——光子本人并不想参与竞争，但市议员那一方如临大敌。因为M家的少爷看上光子的姿色，经常给她写情书，于是光子成为议员之女的情敌。于是，市议员大肆活动，千方百计地破坏光子的名声，一直无中生有地造谣污蔑，说光子外面有别的男人。不仅如此，市议员还把手伸到学校，收买了校长。

哦，对了，还有这么一件事：以前——说起来还挺复杂的——校长说要修缮校舍，想向光子的父亲暂借一千日元。光子家有钱，一千日元算不了什么，但光子父亲说，你明说要我出赞助费不就得了，干吗偏要说暂借，这本身就很可笑。再说了，区区一千日元够修缮的吗？简直莫名其妙。结果光子父亲拒绝了校长的要求。光子说，校长经常使用这个理由向有钱学生的家长借钱，但都是只借不还。如果把借来的钱真的用在修缮校舍倒也罢了，可是校舍就跟猪圈一样，破破烂烂，肮脏污秽，放任不管。——啊？借的钱都进了自己的腰包。这个人，别看他表面上是校长，其实就是一个高等泼皮。加上他的太太也在学校里教刺绣，这两口子巴结讨好有钱人家的学生，每到周日，就组织他们郊游等活动，生活相当奢华。如果把钱借给他，当然就笑脸相迎；但如果拒绝借钱给他，他就暗地里对学生使坏。就是说，校长本来就对光子怀恨在心，再加上市议员的怂恿唆使，就对光子心狠手毒，无所不用其极。

光子说："所以说，你是被他利用陷害我的工具。"

“原来这里面这么复杂，我一点都不知道。可是我们之前根本就没有来往，胡编乱造也太离谱了吧。造谣的人固然可恨，可大家竟然都信以为真，这也太不可思议了。”

“你也太单纯了。”光子说，“有人风言风语说，我们在学校故意不说话，结果大家都这么说，甚至说还有人看见我们在星期天一起坐大轨电车[①]去奈良。”

我顿时目瞪口呆：“这是谁说的？”

“好像是校长夫人传出来的。他们的阴险恶毒要比你想象中坏十倍二十倍，你也一定要多加小心。”

三

光子对我说了好几遍“对不起，连累到你了”，表示歉意，这反而让我觉得过意不去，又反过来安慰她道：“这件事，你也别挂在心上，不能怪你。可恨的是校长，披着所谓教育家的外衣，其实是何等的卑鄙。……别人怎么说我，我都无所谓，可你还没有出嫁，一定注意不要陷入这帮恶毒小人的陷阱。”

“今天我把心里话坦率地告诉你，心里很高兴，也很痛

① 大轨电车，私营铁路“大阪电气轨道”的简称，现在的近畿日本铁道的前身。

快。”光子笑着说道，“可是，今天我们这样聊天，大概又会有人在背后说三道四，所以啊，以后就不要再见面了。”

我心有不甘地说道：“好不容易交上朋友，就这样分手吗？”

这是我的真实心情。光子见我很不情愿的样子，说道：“只要你觉得无所谓，愿意和我交朋友，过几天到我家里来玩，可以吗？我才不怕别人怎么议论我呢。”

“我也不怕。要是觉得受不了，那所破学校，退学不就得了。”

“我说啊，柿内太太，我们干脆就大大方方地公开在一起，看看他们怎么冷嘲热讽的。你觉得怎么样？”

我马上表示赞同：“那好啊。就想看看那个校长会是一副什么嘴脸。”

“这样的话，哼，那就有好戏看了。”光子拍着手，带着恶作剧般的口气说道，“要不，我们这个星期天真的去奈良怎么样？”

“嗯，那好啊。去吧。他们要是知道了，那肯定是议论纷纷。”

就这样，我们交谈了一个多小时，成为无话不谈的好朋友。

现在回学校当然毫无意思，两人都不约而同地提议去松竹[①]看电影，这一天一直玩到傍晚。光子说“想顺路去商店

① 日本有五家著名的电影公司：东宝、松竹、东映、角川、日活。各家旗下都经营有电影院。

转一转”，便沿着心斋桥通[1]走回家。我则从日本桥坐出租车到今桥的事务所，和平时一样，和丈夫一起乘坐阪神电车回家。

丈夫问道：“看来你今天心情不错，有什么高兴的事吗？”

我心想难道今天的表情与平时不一样吗？与光子交朋友会这样让自己感觉幸福吗？

“是吗？还真是的，今天我交了个好朋友。”

“是什么人啊？”

“你问什么人啊，可漂亮了。——你知道船场的德光呢绒批发商吗？就是那家的小姐。”

“你们怎么认识的？”

“我们一个学校的啊。是这么回事，这一阵子学校里传闻我和她关系不正常……”

我没有做什么问心有愧的事，于是把与校长吵架的事情开始讲故事一样一五一十地告诉丈夫。

“这个学校也太不像话了。”丈夫开玩笑地说道，“这么个大美人，什么时候介绍我认识一下啊？”

“过几天会到我们家来玩的。我们约好这个星期天一起去奈良，我可以去吧？”

“当然可以啊。”丈夫又笑着说道，“这样的话，校长可要发火了。”

---

① 心斋桥通，位于大阪最为繁华和知名的商业街。通，大路、大道。

第二天一到学校，昨天我和光子一起吃饭、看电影的事果然早就尽人皆知。

“柿内太太，你们一起逛道顿堀了吧？”

“你们玩得很开心吧？”

“哎哟，和你一起的那个人是谁啊？”

这些女人的话非常讨厌，可是光子觉得有意思，特地走到我身边，故意显示亲热的样子给他们看。这样一来，就两三天的时间里，我们成为知心挚友。校长见此，惊愕得目瞪口呆，只是恶狠狠地盯着我们，一句话都说不出来。

光子说道：“柿内太太，你把那幅观音菩萨画得再像我一点，气死他。”

于是我把那幅画修改得更像光子，从此以后，校长再也没来过教室。我们都痛快至极，舒舒服服地出了一口闷气。

这样一来，我们也就没有特地去奈良的必要了。此时正好是四月底，天气晴好，电话里一商量，决定在上六的终点站[1]会合，午后一起去若草山散步。

从光子的年龄来看，既有老成世故的一面，也有孩子般天真无邪的一面，登上山顶的时候，她买了五六个橘子，说道“你看着”，然后把橘子从山上滚下去。橘子跳跃翻动着滚过

---

① 上六，上本町六丁目与上本町西五丁目的交叉点，大阪市电车的终点站，也是该市的主要交通地点。

马路，落进路那边的一户人家中。光子觉得很好玩，不断地把一个个橘子滚落下去。

我说："光子，你玩这个没个完，还不如去采点蕨菜呢。我知道，这山上有很多蕨菜和笔头菜。"

于是，我们采了很多蕨菜、紫萁、笔头菜，一直玩到傍晚。

您问在哪个地方采吗？这若草山是三座山连在一起，最前面的山与中间那座山的山坳里野菜最多。那座山每年开春都要烧山，所以野菜的味道特别鲜嫩。——一直到暮色昏暗时，我们才回到前面那座山。大家都感觉有点累，便坐在半山腰休息，一时无话，"柿内太太，"光子突然郑重其事地说道，"有一件事我无论如何要感谢你。"

"什么事啊？"

"多亏了你，我终于可以不用嫁给那个讨厌的家伙了。"说罢，光子莫名其妙地嘿嘿笑起来。

"怎么回事啊？"

"谣言满天飞，那边也已经知道了我和你的关系。"

四

"昨天晚上，家里谈到这件事。"光子接着说，"母亲把我叫过去，说学校里有这样的传闻，是否真有其事？我说：‘哎呀，真讨厌。不过，是有这样的风言风语。您是从哪里听来的？’‘你甭管我从哪里听来的。我只问你是否实有其事？’‘嗯，是真的啊。这有什么可奇怪的呢？就是一对好朋友呗。’——我这么一说，母亲一时语塞，然后说道：‘这么说，只是一般的好朋友吗？没有那种不正当关系吗？’‘什么叫不正当关系？’‘我也不知道什么叫不正当关系，你不干坏事，应该不会空穴来风吧。’‘嗐，也不知道您怎么知道的？其实就是有一个女同学，喜欢我漂亮的长相，把我作为绘画的模特儿。就因为这件事，遭到大家的非议，说什么的都有。那所学校就是这么烦人，你稍微长得漂亮一点，就被人嫉妒憎恨。’‘是啊，这样的事会有的。’母亲听了我的解释，逐渐明白过来，说：‘如果仅此而已，那倒没什么。不过，你也不能光和她一个人好。你还是黄花闺女，还要嫁人，千万不能有任何闪失。’母亲听了我的解释，就不再过问，事情算是过去了。这肯定是市议员那边的人到学校收集这样的闲言碎语，然后告诉M，而不知又怎么传到母亲的耳朵里。这样一来，那门亲事也就告吹了。”

我不无担心地说道：“你倒好，可你母亲一定讨厌我。你瞧着吧，过不了多久，也许就不让你和我来往。我不愿意让她对我产生误解。”

“这事，你放心好了。要真是那样，我就把事情的真相告诉母亲，说到底就是校长这个人贪得无厌，不借给他钱，他就背地里说人坏话，又被那个市议员收买了。母亲听了，那就会说既然这样，那所破学校就别去了。这样也就见不到你了。”

“你还真有两下子。”

“嘿嘿，我可厉害了。”光子哧哧笑着，“既然对方是坏蛋，我也不能逆来顺受，必须以眼还眼。”

“你的婚事吹了，可这样不是便宜了那个市议员家的小姐了吗？”

“这么说的话，两边都要感谢你。”

我和光子坐在半山腰这样有一搭没一搭地闲聊了一个多小时。我来过多次若草山，但还从来没有待到这么晚，第一次看见山间的暮霭的景色。刚才这一带还能看到零零星星的游人，现在从山顶到山脚已经渺无人影。今天来登山的人似乎格外多，嫩草丛生的平缓斜坡上到处都是游人扔弃的饭盒、橘子皮、空酒瓶等。天空还有一抹微明，山麓下面的奈良城已经灯火闪烁，再远处，正前方的生驹山上的缆车灯饰如一串耀眼的珍珠，在紫色的暮霭中断断续续地连接在一起。看着这明灭闪动的灯光，我忽然产生一种令人窒息的感觉。

光子说：“啊，不知不觉都这么晚了，感觉心头好冷清。”

“要是一个人的话，会害怕的。”

“要是和自己喜欢的人在一起，这样冷清的地方倒是最合适的。”说罢，光子叹了一口气。

我看着暮色中伸直双腿的光子的侧脸，看不清楚她的表情，心里想说“要是和你在一起的话，我真想在这里一直待下去”，却没有说出口。我只是看见光子的白色布袜的前方，大佛殿金色的兽头瓦反射着天空黯淡的微光。

我说：“太晚了，回去吧。”

我们下山，走到大轨的时候，已经七点。

“我饿了，你呢？”

“我今天得早点回去，出门的时候没跟家里人说去奈良。”光子担心时间太晚了。

“话虽这么说，可我饿坏了。既然晚了，吃了再回去。”我硬是把她拉进西餐馆。

吃饭的时候，光子问道：“你回家晚了，你家那口子不问吗？”

“我家那口子从来不干涉。我把咱们俩成为好朋友的事告诉他了。”

“他怎么说的？”

“我一个劲夸奖你，他说这么漂亮，什么时候也想见一见，找个时间让你去我们家玩。”

“你家那口子性格很温和吗？”

“他这个人啊，我在家里怎么任性，他都顺着我。就是因为脾气好，有时候觉得死气沉沉。”

到这个时候，我还没有把自己的私事告诉光子，自己与丈夫的结婚过程，以及后来让先生操心的婚外恋等各种事情都只字未提。但是，当光子听到我说认识先生时，吃惊地问道：“哦，是吗？你认识先生？”她说自己也很喜欢先生的小说，能不能带自己去见一次先生。我多次表示“下次带你去”，但到现在一直没行动。

“这么说，你和那个人已经不来往了？”光子饶有兴趣地打听这件事。

“没有来往了。”

“为什么啊？既然像你所说的那么纯洁的爱情，来往怎么就不行呢？我认为恋爱和结婚是两码事……你丈夫一无所知？”

“嗯，也许隐约有所感觉吧。我对他只字未提，没有出现什么问题。”

“你丈夫非常相信你。”

“他老把我当作小孩子看待，其实我最不满意的就是这一点。”

那天晚上回到家里将近十点，丈夫从未有过地板着脸问道：“怎么这么晚才回来？”我看着他那一脸寂寞难耐的表情，心里也觉得过意不去。尽管我没有做什么对不起他的事，但是他一直等着我，等得焦急心烦，看来他刚刚吃完晚饭，我不由得感到内疚。我以前和情人约会，也有十点以后回来的时候，但最近一直都很早回家。也许丈夫会有些猜忌，但我觉得是和那次婚外恋一样的心情。

五

对了。过了几天，那幅观音菩萨的写生画终于完成，我拿回家给丈夫看。

“哟，光子小姐原来是这个样子啊。你能画出这么好的画，真了不起。”吃晚饭的时候，丈夫把画摊放在榻榻米上，吃一口饭看一眼画，有点不相信地问道，“她本人真的有画上的这么美吗？”

“就是因为太像，才成问题的。其实，光子小姐本人不仅如此圣洁，更富有肉感。”

我为这幅画的确付出了大量心血，丈夫也赞不绝口，夸为“杰作”。我自学画以来，还没有哪一幅画如此专注投入、凝神潜心。

丈夫说道：“干脆裱一下。裱好以后，请光子小姐来看，不好吗？”

丈夫这么一提议，我也很赞成，心想拿到京都漂亮地裱糊一下，但一直没去成。

一天，我对光子谈起此事，说“打算拿到京都裱糊”，光子一听，说道：“你要是想送去裱糊，还不如重画一幅呢。虽然那幅画也很不错，但脸像，身子不像。”

“不像？怎么不像？”

“这怎么说呢？我也不知道怎么说。”

光子只是坦率地表达自己的感觉，并没有炫耀“自己的体形多么漂亮”的意思，我感觉她对那幅画不是很满意。

“这样的话，那我想看看你的身子。”

她痛快地答应下来：“好啊。可以让你看的。”

不记得这次对话是在放学回家的路上还是别的什么地方说的。

第二天下午，光子说：“那就去你家里让你看吧。”于是，我们提早离校，到我家里来。路上，她说：“我要是脱光了，你丈夫一定会十分惊愕吧。”但是，她似乎并没有不好意思的感觉，像是玩一场有趣的游戏，眨巴着调皮的眼睛，显出可爱的样子。

“我家有一间西式房间，很方便，在里面谁也看不见。”

我把她带到二楼的西式卧室里。

“啊，这房间的感觉真好，这张双人床非常时尚。”说着，光子坐在床上，屁股一颠一颠，弹簧上下波动，同时观赏窗外的海景。——我的家靠近海岸，可以看见波浪涌动的海滩，从二楼望出去，景色优美。东面和南面都是落地玻璃，光线充足，早晨别想睡懒觉。天气晴朗的日子，可以隔海眺望纪州[①]一带的山脉、金刚山[②]等。您说什么？——是的。可以到海里游泳。那一带海水，稍微往前走一点，一下子深下去，很危险的。香栌园[③]那边建了个海滨浴场，一到夏天，人可多了，非常热闹。那时正是五月份，光子说“夏天快点来吧，这样我每天都可以来游泳”。

光子环视一遍房间，说：“我要是结婚的话，也想要这样的一间卧室。”

“你啊，哪里是这样的房间，你要嫁出去，肯定房间比这个好得多。”

“可是，一旦结了婚，无论住多么漂亮的房子，就像笼中鸟吧？”

“是啊，的确有这样的感觉……”

“嘿，这房间是你们夫妻的卧室吧，怎么把我带进来了？老公要是知道了，会说你的吧？”

“卧室也没什么啊，你是特殊的客人嘛。”

---

① 纪州，日本古地名，纪伊国的别称，位于现在的和歌山县及三重县。

② 金刚山，位于大阪府和奈良县的交界处，海拔1125米。

③ 香栌园，位于兵库县西宫市的著名海水浴场，也是阪神地区的高级住宅区。

“话虽这么说，夫妇的卧室还是神圣的地方……”

“这么说，处女的裸体不是也神圣吗？这里应该最合适了。现在光线最充足，快点让我看看。”

我一催促，光子说道：“会不会有人从海上看进来啊？”

“尽瞎说，从那么远的海面的船上能看见什么啊！”

“可是，这不是落地窗吗？最好把窗帘拉上。”

虽然是五月，但阳光灿烂，亮得晃眼，所有的窗户都敞开着，于是把窗帘全部拉上，房间立即闷热得感觉汗水津津。

光子说要摆出观音菩萨的姿势，因为没有白衣，要我找一块白布代替。我顺手把床单扯下来给了她。

光子走到衣柜后面，宽衣解带，解开发髻，把头发梳直，白床单从头顶宽松地披裹在裸身上：“你来看看，这就知道你的画和我本人有很大的差别。”她站在衣柜门的穿衣镜前，出神地欣赏自己美妙的身子。

“哎呀，你的身子实在太美了……”我不禁赞叹，还带着不满的情绪——如此美不胜收的身子为什么一直对我隐瞒。

我的写生画只是相貌模仿光子，却是Y子那个模特儿的体形，与光子的体形相差甚远也是理所当然的。一般地说，日本画模特儿多是脸蛋好，体形不好。Y子也是如此，皮肤粗糙，感觉黑黝混浊。看惯了这样的模特儿，再看光子白皙优雅的美姿，简直就是天壤之别。

“你这么美丽的身子，为什么一直瞒着我？”我憋不住终于脱口冒出埋怨的话，“你太过分了，太过分了。”说着说着，泪水夺眶而出，我从背后抱住光子的身体，把一张挂着泪水的脸靠在她披着白布的肩膀上。我们一起看着镜子里两人抱在一起的姿势。光子从镜子里看见我的眼泪，惊讶地问道：“你这是怎么啦？”

“嗯，我看见美丽的东西都会感动得热泪盈眶。”

我没有擦拭不断流淌的泪水，依然紧紧抱着她的身体。

六

“好了，你也看过了，我该穿衣服了。”

“不、不，我还想看。”我撒娇似的摇着头。

“傻丫头，我不能这么老光着身子啊。”

“那没办法，我还没有看过你真正的裸体呢，把这白布拿下来吧……”我突然一把抓住她肩上的白床单。

“不行不行！你放手……放手……”她也拼命地拽住白布。

两个人这么一扯一拽，白布刺啦一声撕裂了。

我顿时勃然大怒，委屈的泪水满脸流淌，叫喊道：“我不干！没想到你对我还这么生分见外。算了！咱们的朋友情分今天就一刀两断……”我用牙齿把床单撕成一条一条。

“喂，你是不是疯了？”

“我不认识你这个无情的人。你不是一直说我们之间互不隐瞒吗？你撒谎……”

——先生，我当时的确是相当冲动，自己都不记得是怎么回事，脸色煞白，浑身颤抖，恶狠狠地瞪着光子，真的像发疯的样子。然而，光子依然沉默着，也是浑身哆嗦，目光死死盯着我的脸，刚才那副杨柳观音的高雅优美的气势荡然无存。她羞涩地双手抱着两肩，双腿一前一后交错着，一条腿的膝盖弯曲着。她站在那里，美得令人哀怜。我有点于心不忍，但是看见从破碎的白床单中露出的丰腴白皙的细嫩肌肤时，便丧失理智般不顾一切地扑上去，残忍地撕开床单。我疯起来，光子似乎也被吓坏了，一动不动地任凭我为所欲为，什么话也不说。只是，两人都怒目圆睁，互相用烈焰燃烧的目光盯着对方。我终于如愿以偿，露出胜利的微笑——冷酷、恶毒的微笑浮上我的嘴角。光子裹在身上的白床单逐渐被撕下来，裸露出神圣的处女的雕像。我胜利的感觉不由自主地变成由衷的惊叹。

“啊！这么美丽的身体，真让我嫉妒！真想杀了你！”

我一只手紧握着光子颤抖的手腕，另一只手抱着她的头拉到自己身旁，把自己的嘴唇贴上去。

这时，光子突然也疯狂地叫起来：“杀吧！杀吧！我想让你杀了我——”滚烫的呼吸猛烈地喷在我脸上。我一看，她的脸颊上热泪横流。我们的手臂在对方的身后紧紧交抱在一起，泪水汇合在一起，分不清是谁的眼泪。

那一天，我把光子带回家里，其实本没有什么特别的想法，但是也没有告诉丈夫。丈夫以为我放学以后会去事务所找他，一直等到傍晚。见我没去，就给家里来电话。

“你先回家了，告诉我一声啊，免得我久等。”

“对不起，对不起，忘了。因为是临时决定的。”

“光子小姐还在家里吗？”

“还在。她大概很快就要走了。”

“留她一会儿吧，我这就回去。”

“那你快点啊！”

我虽然嘴上这么说，其实心里并不希望丈夫回来。

刚才在卧室里发生的事情，让我全身充满幸福。今天是多么快乐的日子啊！飘飘欲仙的感觉，一点细微的小事都会激动得心脏怦怦鼓荡，丈夫一回来，感觉这种幸福感会被破坏。我只想和光子两个人在一起说话聊天，不要别人来打扰。不，不聊天也没关系，只要能看着她的脸——只要能在她身边，我的心中就充满无限的幸福。

“光子，丈夫来电话了，他说马上就回来。你怎么办？”

“哦，怎么办啊……”她急急忙忙地穿衣服。

那时已经傍晚五点左右，她裹着床单在卧室里待了两三个小时。

“我不见他，就这样回去，不好吧？”

“他说想见你……说立刻就回来，让你等着他。”

我虽然这样挽留她，心里却想着最好在丈夫回来之前她就回去。这样的话，自己今天一整天就完全沉浸在幸福的气氛里，不愿意由于第三者的插入使美好的回忆变得不纯。

当丈夫回到家的时候，我由于心里有这种想法，难免形于颜色，心情郁闷，不愿意说话；光子见我这个样子，同时也因为初次见面的不安，话语也不多；三个人都觉得有些尴尬，不太自在，各想各的心事。这么一来，我觉得丈夫干扰了自己，越想越生气。

丈夫当着光子的面，终于没话找话地问道：“你们玩什么了？”

“今天把卧室作为画室。”我故意淡淡回答道，“我要重画观音像，就让光子小姐当模特儿。”

“画得不怎么样，净给模特儿添麻烦。”

“正因为这样，光子小姐说要给模特儿恢复名誉，所以重画一张。”

“瞧你这水平，把模特儿画得一塌糊涂，模特儿比你的画要美多了。”

在夫妇俩斗嘴的时候，光子一直羞涩地低着头，笑而不语，听着无聊，待了一会儿就走了。

七

先生，今天我带来我们来往的部分信函，想请您阅读。此外还有很多，无法全部拿来，这只是其中的小部分，我挑选其中感觉比较有意思的拿来。这部分是先前的通信，大致按时间顺序整理，所以请您先看这部分。光子小姐寄给我的信都全部保留着，但其中也夹有我寄给她的信，这是后来我去她家里——出于某种原因，我一会儿再说——取回来的。[①]

（五月六日，柿内夫人园子致光子函。信封长四寸、宽二寸三分，浅粉红色底色，印有樱桃和心形的图案。黑茎上

① 柿内遗孀说只是其中一部分的信函，包裹在八寸见方的绉绸包袱皮里，塞得满满的，简直要撑破，四角勉勉强强系上。她解开包袱结的时候，手指头都被勒红了，从中取出来的许许多多的信函就像彩色印花纸一样花花绿绿。这些信纸都装在木版印刷的形形色色、五彩缤纷图案的信封里。信封很小，刚好能装进去折成四折的女性使用的信纸，信皮上印有四次或五次套色印刷的竹久梦二风格的美人画、月见草、铃兰、郁金香等图案。笔者看了，有点吃惊，大凡喜欢这种花里胡哨信封的，都不是东京女性的情趣。即便是情书，东京女性一般也都使用素雅的信封。东京女子要是看到这些色泽浓艳的信封，一定会感觉趣味低俗，轻蔑地嗤之以鼻。男人如果收到恋人使用这种信封的来信，只要他是东京人，大抵都会热情顿失。总之，喜欢如此浓烈刺激色彩的只能是大阪的女人。而且一想到这是两个相爱的女人之间的来往信函，更令人感觉这种恶俗。笔者在这里只引用可以了解故事真相的部分作为参考，并顺便一一介绍其图案的含义。从某种意义上说，图案的精巧选择有时比信笺内容对了解她们的背景更有价值。——作者注

结着五颗鲜红的樱桃。心形十个，每两个重叠在一起，上面一个淡紫色，下面一个金色。信封的上下边是锯齿状的金线。信纸是极浅的淡绿，印有常春藤的叶子图案，再用银色的虚线勾勒出横行。夫人使用钢笔写信，连笔画复杂的汉字也是一丝不苟，规矩整饬，可以看出平时练字的功底，当年在女校里应该是善书者。其风格酷似小野鹅堂[①]，只是缺少风骨，说得好听一点是流畅，说得不好听就是沉滞，不过倒是与信封的图案相吻合。）

光：

淅淅沥沥、淅淅沥沥……今晚梅雨绵绵。我坐在桌前，倾听着窗外落在梧桐花上的雨声，凝视着桌上的台灯，台灯垂挂着你钩织的红色灯罩。令人郁闷的夜晚，静静地聆听沿着屋檐滴落下来的雨声，感觉像是一种温柔的絮语。淅淅沥沥、淅淅沥沥……不知道在低声诉说什么？淅淅沥沥……啊，对了，是光子光子光子……是在呼唤恋人的名字。德光德光……光子光子……德、德、德……光、光、光……我不由自主地拿起钢笔，在左手的指尖上写下“德光”和“光子”，

① 小野鹅堂（1862—1922），明治至大正时代的书法家。主张书法适用性与艺术性的融合，风格平正优美，创立鹅堂流。曾任东宫职御用系、女子学习院教授。

从大拇指写到小指，写了无数个……

请原谅我做出如此无聊的事情。

每天都能见面，却还要写信，是不是觉得不可思议？可是在学校，我不好意思和你接近，有点难为情。因为我们的相互接触原先是为了给别人看的，而传闻一旦成为事实以后，反而害怕别人的目光。这说明我的胆怯吧？啊，我怎么才能坚强起来呢？更加、更加坚强……坚强到不怕神佛、不怕父母、不怕丈夫……

明天下午是茶道课吧？三点能来我家吗？像上一次那样，明天在学校给我一个“yes”还是“no”的暗号。一定、一定、一定要来！在桌子上的深蓝色花瓶里含苞待放的白芍药和我一起轻轻叹息着等待你的到来。让我们失望的话，可爱的芍药将会哭泣。衣橱的穿衣镜也渴望映照出你的风采。好，明天见！

明天中午的休息时间，我还是照样站在操场的悬铃木下。别忘了给我暗号。

园子

（五月十一日，光子致园子函。信封长四寸五分、宽二寸三分，深玫瑰色的底色，中间是一个一寸四分见方的棋盘，其中散落着四叶的三叶草，下面是两张扑克牌，一张是红桃A，一张是黑桃六，两张牌叠在一起。棋盘和三叶草是银色，红桃是红色，黑桃是黑色，信纸是素茶褐色，从右下角开始用钢笔黑线条斜着写了几句话。字写得稍逊于园子，像是急急忙忙草就而成，字较大，无造作之嫌，有生动奔放之感。）

姐：

终日心情不佳。又是揪断壁龛里的插花，又是把气撒在无辜的阿梅（伺候光子的女佣）身上。——每到星期天，我一定都心情烦躁。为什么呢？因为这一天整天见不到姐。为什么你先生在家，我就不能去？至少可以打电话吧，可刚才打过去，说是你和先生一起去鸣尾采摘草莓了，不在家！

好吧，祝你们开心！

太气人了！太气人了！

太烦人了！太烦人了！

光独自在哭泣。

啊啊、啊啊、啊啊……

太难过了，什么也不想说！

Ta Soeur Clair

Ma Chère Soeur Mlle Jardin

（“Ta Soeur”是法语，意为“Your Sister”；“Clair”意为“光”，大概用来比作“光子”。“Ma Chère Soeur”意为“Dear Sister”，“Mlle Jardin”意为“Miss Garden”，是“园子小姐”的意思。至于为什么不称园子为“园子太太”，而称“园子小姐”，在收信人名字后面写有以下补充……）

我不想称呼姐姐为“太太”。

“太太”——多难听啊！想起来就毛骨悚然。

可要是你先生知道我这么说，一定暴跳如雷。

Be careful！

姐姐来信为什么自称“园子”呢？为什么不写“姐姐”呢？

（五月十一日，园子致光子函。信封长四寸、宽二寸四分，图案印在侧面。绯红的底色，银色虚线描绘出鹿斑扎染的花纹，下面是三枚大樱花花瓣，上面是舞女的上半身后背。红、紫、黑、银、青五种颜色的套色印刷，色彩极其浓艳，所以在上面写字看不清楚，便将收信人地址和姓名写在背面。信纸长七寸、宽四寸五分，左侧印着一枝长约八寸的白百合的曲茎，其周边晕染着淡淡的红色。这样，写字的横线部分只占纸面的三分之一，上面布满密密麻麻的小字。）

事情终于发生了。虽然我早已做好思想准备……但还是爆发了。

昨天晚上，我们大吵一架。要是你见到的话，一定会感到震惊。我们夫妇——啊，请你原谅，就是我和他——我和丈夫好久没有这样大动干戈了。不是“好久”，而是结婚以来第一次。即使我之前发生（婚外恋）问题的时候，也没有昨晚那样激烈。那个平时那么温和老实的人竟然如此怒不可遏！不过，也许不能怪他，现在想起来，其实几乎可以说完全是我的不对。我不知道自己为什么会对他那么不讲理？而且昨晚的态度还格外强硬。这究竟是怎么回事呢？……因为这次我觉得自己没有做对不起他的事。但是，他说了很多不堪入耳的话，什么“不良少女”“吸血蝙蝠”“文学中毒”——所有的恶名都安在我身上，这还不够，甚至也对你谩骂，什么“卧室闯入者”“家庭破坏者”……如果仅仅骂我，我还可以忍受，但骂到光子小姐，我则忍无可忍。

我反唇相讥：“既然我是不良少女，为什么还要娶我做老婆？你根本就不是一个大男人，你是为了让我家给你出学费，跟一个不喜欢的女人结婚吗？你不是一开始就知道我很任性吗？你卑劣！没出息！”我这么一说，他一言不发。直到今天他一句话都没有对我说……

——关于信上所说的吵架之事，我想把详情告诉先生。不记得以前是否对先生谈过，我和丈夫性格不合，而且似乎生理上也不和谐，婚后根本就没有享受过夫妇生活的乐趣。他的说法，是因为我过于任性，其实性格并没有什么不合，只是我不想使双方的性格和谐起来。他说自己想和我和睦相处，但是我根本就没有这种想法。其实，世间的夫妇都不是那么理想的，在别人眼里看似圆满，其实家家都有一本难念的经。外人看我们的家庭，也许都很羡慕，按一般的标准，应该算是幸福的婚姻吧。他说，你是一个不谙世事的娇小姐，身在福中不知福，这山望着那山高，你这样的人，即使嫁一个十全十美的丈夫，也会觉得不满意。他总是搬出这一套奚落我，而我最讨厌的就是这种让我熟悉人情世故、安身立命的说教。于是，我猛烈抨击他根本就不懂什么叫烦恼，说他毫无人情味。丈夫的确努力使两个人性格和谐，但只是和谐一点点，他把我当小孩子那样对待，一味哄我开心，然而这种态度只能让我郁闷气愤。我说，听说你在大学里是一个秀才，所以在你眼里，我简直就是一个幼稚无知的人，可是，在我看来，你简直就是一块化石。这个人的心中究竟有没有激情？他会哭泣会生气会惊讶吗？他的冷漠让我倍感无法排遣的寂寞。正是如此，我对他产生一种恶作剧的好奇心，所以才会发生前一次那样的问题和这一次的光子小姐的事情。

八

不过，前一次那件事发生在婚后不久，还带有少女时代的纯真，比现在要单纯，胆子也小，真心感觉对不起丈夫。但这次心情就不一样，信上也写得明明白白。说实在的，经过长期的磨炼，我也已经变得油滑狡黠了，只是丈夫毫无察觉，还是和过去一样，把我当作小孩子。我原本对此就很反感，可一旦表露不满的心情，就会被他瞧不起。那好！既然如此，你不是把我当作小孩子吗？我就故意装出小孩子的样子，造成假象，让你坚信我就是幼稚无知，让你彻底放松警惕。于是我表面上装出一副没心没肺的样子，遇到对自己不利的时候，就对丈夫又是撒娇又是耍赖，但心里却很鄙视他，把我当孩子看，很得意的样子，其实你才是愚不可及的傻瓜。你这种人，才是最好欺骗糊弄的。起先对他嘲弄，接着觉得好玩，一有什么事，又哭又骂，自己都不相信会有这么可怕的演技。

……我想先生大概会理解我的吧，人的心理会随着环境的改变发生巨变的。要是以前，我有时候还会猛然警醒自己，觉得那种事不能干，心里后悔，可现在，我完全是对抗的心态，觉得这样的事有什么可怕的，简直没出息，自我嘲笑。……而且我这么认为：背着丈夫和别的男人相爱是不对的，但女人和女人相爱就没有问题。同性之间不论多么亲密，丈夫都没有权利说三道四，我总给自己编造这个理由，自欺欺人。其实，我对光子的思念程度要比对以前那个男人热烈十倍二十倍……一百倍二百倍……

我之所以变得如此大胆，还有一个原因：丈夫在学校的时候就是一个一心读书、不闻窗外事的书虫，父亲看中他的正是这一点，墨守成规，不懂变通，遵循世俗，思路不会溢出常规，所以从来没有想到我和光子之间会是这种关系，只是认为是两个好朋友，不往心里去。丈夫做梦也没有想到这种事，后来逐渐察觉两人的关系有点异常。其实，说起来也很正常，原先都是我放学以后去事务所找丈夫，但最近都是独自先回家，而且光子每隔三天就会到家里来，两人长时间关在房间里。我说光子是我写生的模特儿，可是多少天都不见画的影子，所以丈夫觉得奇怪也是理所当然的。

“嗯，光子，最近他好像隐隐约约察觉到点什么，还是小心为好。今天就去你家吧。”

这样，我有时就去光子家……光子的母亲一心认定学校里的传闻是市议会议员造谣毁谤导致的，对我毫不怀疑。我也觉得不能辜负她对我的信任，每次去光子家，都尽力讨她的欢心。她总是称我“柿内太太”，说“光子交上这么好的朋友，真叫人高兴”。我和光子家就是这样的关系，即使每天都去，什么时候打电话都没问题……可就是，除了光子母亲之外，正如信上所说的，有一个名叫阿梅的女佣，人多眼杂，不能像在自己家里那样尽兴。

“我家里最好别去，难得我母亲对姐姐这么信任，要是事情败露，那麻烦就大了。”于是光子提议说，“对了，我们去宝冢新温泉，怎么样？”

于是，我们去了温泉的家族浴室。

“姐姐真狡猾，光看我的裸体，可不让我看你的裸体。”

“不是我狡猾，因为你的身子太白了，我这么黑，不好意思给你看，那样你就不喜欢我了。”

的确如此，第一次让光子看自己的裸体时，感觉很不自在。光子的肌肤洁白无瑕，体态匀称修长，相比之下，自惭形秽……

“姐姐你也很漂亮啊，和我没什么差别的。”

光子这么一说，我也就信以为真，不想那么多，不过……

刚开始的时候的确自愧弗如，不敢展示。

上个周日，光子来信中说，我和丈夫去采摘草莓，其实那一天本来打算和她一起去宝冢。可是丈夫说：“今天天气好，要不咱们去鸣尾怎么样？”我也是让他高兴，虽然心里不情愿，但还是跟着他一起去了，心却飞到光子身上，所以提不起兴趣。思念之情越发浓烈，对在一旁说这说那的丈夫觉得讨厌，心里有气，也就爱搭不理，一整天心情郁闷。也许就是从那个时候开始，丈夫想给我一点颜色看看。他这个人从来都是喜怒哀乐不形诸颜色，面无表情，所以我没有察觉出他心中的怨愤。

傍晚回到家里，听女佣说光子曾来过电话，心里异常懊悔怨恨，便把气撒在丈夫和女佣身上。第二天一早就收到光子埋怨的来信，于是立即给她打电话，约好在阪急线的梅田会合，不去学校，直接去宝冢。我们在宝冢待了大约一周。

对了，刚才那张照片，当时恰好两身同样的服装做好，于是一起照了相作为纪念。

不记得是采摘草莓之后的第五天还是第六天，我和光子像往常那样在二楼说话。三点多，女佣慌慌张张地从楼梯跑上来，通报说：“先生回来了！”“什么？怎么是这个时候……”我大惊失色，急忙喊，“阿光，快！”表情尴尬地下楼去，这时候丈夫已经脱下西服，换上和服单衣，用一种厌恶的眼光瞟了我们一眼，瞬间即逝，恢复常态："今天没什么事，就提前从事务所回来了。怎么？你们今天也逃学了？"接着又说道，"客人来了，应该泡茶啊，拿点好吃的点心出来……"

于是三个人在一起闲聊，只是说话的时候，光子一不留心，叫我"姐姐"，让我大吃一惊。我平时经常提醒她："你别叫我'姐姐'，叫'阿园'。你这样成了口头禅，在别人面前就会脱口而出。"

我每次说她，她总不高兴："不要嘛，不要嘛，那样太生分了。求你了，让我叫你'姐姐'吧，在别人面前我一定一定注意。"

然而，这次她还是说漏了嘴。

光子回去以后，我和丈夫都觉得心中有话，却欲言又止。第二天傍晚，吃过晚饭，丈夫冷不丁地说道："我觉得你最近的样子有点异常，是不是有什么事啊？"

"怎么异常啊？我自己没有任何感觉。"

"你和那个叫光子的女孩子关系特别好，你对她是怎么想的？"

"我是很喜欢光子小姐啊，所以就成了好朋友。"

"我知道你喜欢，是什么含义上的喜欢？"

我心想这时候不能示弱，故意挑衅般地回答道："喜欢就是感情上的喜欢。这用不着什么理由。"

“你不要这么情绪激动，心平气和慢慢说。……喜欢，也有各种不同含义的喜欢。学校里又发生那样的传闻，要是被人误解，对自己没有好处，所以我才问你的。”接着他又说道，“万一这种事传到社会上，大家会认为你的责任更大，因为你年龄比她大，又已经结了婚……这样子怎么对得起她的家人呢？不仅仅是你，还会说我不闻不问，放任自流，这以后说也说不清。”

丈夫的每句话都让我震撼，但是我依然嘴硬：“好了，这我知道。我交个朋友，你都干涉，真烦人。你可以有你喜欢的朋友，我也可以有我的朋友，你别管我。至于自己的责任，我当然明白。”

“哼，如果是一般意义上的朋友，我也绝不会干涉。可是你们几乎每天都不去上学，背着我偷偷把自己关在房间里，这根本就不是正常的关系。”

“哼，你说这叫不正常啊？是你自己想歪了吧？你这种想法才是无耻的。”

“如果真的是我无耻，我愿意道歉，怎么道歉都行。我希望我完全是胡思乱想。但是，在你说我无耻之前，你应该扪心自问。你真的可以说问心无愧吗？”

“你今天怎么问起这件事来了？我喜欢光子长得漂亮，所以成了好朋友。你不是本来就知道吗？你不是还说自己想见见这么漂亮的女人吗？谁都喜欢漂亮的女人，女人之间的喜欢就像喜欢一件艺术品一样。这有什么不正常的啊？我看你才不正常呢！”

“是吗？既然像喜欢艺术品那样，那为什么要单独关在房间里呢？在我面前也可以的啊……我每次回来，你们两个总是难堪窘迫的样子，这是怎么回事？你们俩又不是姐妹，称呼什么‘姐姐’‘妹妹’，听着恶心。”

“愚蠢透顶！你对女学生之间的事情一点都不了解。好朋友在一起以姐妹相称没什么可大惊小怪的。也只有像你这种人才觉得不可思议。”

要是平时，我撒撒娇、耍耍赖，丈夫就说“真拿你没办法”，适可而止地迁就自己，可那一天丈夫始终不肯让步，穷追到底，他说：“你可不许撒谎。我已经问过阿清了。”他说知道我们并不是为了画画，非要我说清楚究竟干了什么。

“这怎么能说清楚呢？画家的模特儿肯定都是专业的，我的绘画是画着玩的，也就不需要正儿八经的模特儿。”

“这样的话，何必上二楼呢？在楼下不是也可以吗？”

“上二楼怎么啦？你最好去画家的画室瞧瞧看，专业画家创作也没有那样一脸严肃地拼命画画，都是画一会儿，休息一会儿，等到情绪调动以后再画，这样才能出好作品。”

“瞧你说得还真像那么回事，什么时候画一张出来看看啊？”

“画出来，不画出来，其实对我来说都无所谓。你知道，光子不仅脸蛋漂亮，那身子也美得令人震撼。我让她摆出观音菩萨的姿势，不画画，就这么欣赏几个小时也不厌烦。”

“她光着身子让你看几个小时，不害羞吗？”

“你知道什么？女人看女人有什么可害羞的。谁不喜欢别人夸自己皮肤洁白啊？”

“虽然都是女的，可年轻姑娘大白天光着身子，你们俩简直是疯了。”

“我不像你那样因循守旧。——你看电影演员的裸体，难道不觉得很美吗？我每到这时候，就像看见优美风景一样，令人陶醉，充满幸福，感觉人生的价值，最后激动得热泪盈眶。不过，对没有‘美感’的人说这番话简直是对牛弹琴。”

“这与‘美感’有什么关系？纯粹是性变态。”

“你真是死脑筋。”

“胡说！你一年到头就知道看那些无聊透顶的恋爱小说。完全是中了文学的毒。”

“真讨厌！”我转过身，不理睬他。

“我看那个叫光子的女孩也不是正经人，稍微有点常识的人就不会闯进别人的家庭，破坏别人家的安宁生活。肯定是一个品行不端的女人，你和她交往，对你也没有什么好处。”

你说我，也就算了，但你污蔑我喜欢的朋友，我无法忍受，一听他说光子的坏话，气就不打一处来，顿时吼起来：“你胡说什么？！你有什么资格对我喜欢的人评头论足？像光子小姐那样的人品、性格与我意气相投的，找遍全世界都没有。没有人像她那样心灵纯洁，她就是一个活观音。你这样侮辱谩骂，要遭天谴的！”

“你瞧瞧自己！说这种话不觉得神经不正常吗？简直就是疯话！”

“你才是人中的化石！”

“你什么时候脱胎换骨成一个典型的不良少女了？”

“既然你早就知道我是一个不良少女，那干吗还和我结婚？你是为了让我父亲给你出国的费用才娶的我吧？肯定就是这样！”

不论性格多么温顺的男人听了这话都受不了，只见丈夫的额头青筋暴露，少见地吼叫起来：“你说什么？你再说一遍！”

“怎么地？几遍我都敢说！你根本就不像个男人，就是为了钱才和我结婚的！无耻！”

丈夫怒发冲冠，突然坐直了身子，抓起一个白色的东西朝我扔过来，我猛然一缩脖，那个东西砸在我身后的墙上，我没有受伤，原来扔过来的是烟灰缸。丈夫从来没有对我动过一个手指头，这一次是气急了。

“好！你对我这样恨之入骨！要是我有一点受伤，我要告诉我父亲。你有胆量就来打我杀我吧！随你的便！来啊，来杀我吧！你来啊！”

丈夫说了声“浑蛋”，然后目瞪口呆地看着狂乱哭闹的我发愣。

丈夫和我后来一直没说话。第二天一整天也是怒目相对，晚上睡觉时还是互不理睬。半夜里，丈夫翻身对着我，把手搭在我肩膀上，想把我的身子扳过来。我虽然把身子转过来，却依然闭着眼睛。

“昨天我说话也有点过头，你知道，这是因为我爱你。我平时不太关爱你，显得冷淡，但我对你的心绝对不是冷漠的。我有不对的地方，我尽量改正，但也请你尊重我的意愿。别的事情，我不会干涉，只要求你从今以后不要再和光子小姐来往。就这一点希望得到你的承诺。”

“不行！”我闭着眼睛，坚决摇头。

“如果你不愿意，只是一般性的来往那也可以，但至少不能让她进这个房间，不能一起出去。以后每天出门、回家都要和我在一起。”

“不行！”我又摇头，“我想做什么，不愿意受到任何束缚，我需要绝对的自由。”

说罢，我翻过身子，背对丈夫。

九

既然撕破脸了，也就没什么可怕的。结果会怎么样，随他去吧，反而让我更加思念光子。第二天一大早就奔往学校，可一整天不见她的影子。打电话一问，原来她今天去了京都的亲戚家。由于想和她见面的强烈欲望以及昨晚的吵架，心里异常难过，于是就写了那样一封信。信发出去以后，又担心光子看了后会有什么想法。她会不会觉得自己对不起姐夫，以后再也不见面了，我一想到这些，更加心慌意乱。

第二天，我站在操场的悬铃木下等她，只见她嘴里喊着“姐姐”在众目睽睽之下一路跑过来，“我今天早晨看了你的信，担心得不行，一定要见到你……”双手搭在我的肩膀上，仰着脸看着我，眼眶充满盈盈泪珠。

“啊，阿光，你也一定很委屈吧，他竟然对你说出那样的话……”我说着说着，泪水也扑簌扑簌地掉下来，“是不是让你不高兴了？要是这样，请你原谅。我不写那些话就好了……”

“我不是那个意思。说我，说什么都无所谓，只是担心姐姐被姐夫那么一说，一定讨厌我了吧？姐，你肯定讨厌我了吧？”

“说什么傻话啊？要是讨厌你了，也不会昨天给你写信，今天给你打电话。既然事情到了这个地步，不论发生什么事，都不会离开你。他要是再没完没了，就把他赶出家门。”

“姐姐你现在虽然这么说，以后肯定会逐渐讨厌我的。姐姐最爱的还是丈夫，不是吗？所谓夫妇，都是这样吧……”

“我和他哪算什么夫妇啊。我又不是大小姐，只要阿光愿意，实在不行，我们远走高飞。”

“哎呀，姐，你说的可是真心话？一定是随口瞎说吧？”

“当然是真心话。我早就有这个思想准备了。”

“我也一样。姐，我要是说殉情，能和我一起死吗？”

“当然可以。阿光会和我一起殉情吗？”

由于我们夫妇吵架，导致我和光子的关系更加坚定。丈夫对我束手无策，不再干预，使得我们越发肆无忌惮，为所欲为。

“我家那口子已经没辙了，甭管他。”

我这么一说，从此以后光子变得更加恣意猖獗，在二楼的时候，即使丈夫回来，光子说“姐姐你别下去”，自己当然不下去，也不让我下去。到晚上十点十一点左右，她就说“姐姐给我家打个电话”，我在电话里对她妈说“光子小姐今晚在我家里吃饭，大概几点回去”，到时，那个女佣阿梅开车来接。

我们有时候在二楼吃饭，见丈夫一个人吃饭无聊，就说

“怎么样？和我们一起吃吧”，丈夫说“嗯，也行”，所以往往还是三个人一起吃。三人在一起的时候，光子依然满不在乎地叫我“姐姐、姐姐”。

她想和我说话的时候，不管是不是深更半夜，只管打电话过来。

“有什么事吗？这么晚了，你还没睡吗？”

“姐姐已经睡了？”

“可不是吗？都两点多了……我困……睡得正香呢……”

“那就太对不起了，好不容易夫妻重修旧好的时候……”

“你打电话来就是为了说这些话……”

“你瞧，有丈夫的女人就是好，我一个人又孤独又寂寞，就是睡不着……”

“真拿你没办法，好了，别撒娇了，快睡吧，明天找你玩。”

“明天我一起来就去你家，要是你丈夫睡懒觉，就把他弄起来，打发他出门。”

“嗯，好的、好的……”

“一定啊……”

“嗯、嗯，知道了，知道了……”

这样无聊的通话能聊二三十分钟。

双方起先是秘密通信，后来逐渐无所顾忌，也不掩掩藏藏了。我看完光子的来信后，就把信函扔在桌子上。——丈夫从来不看别人的信，所以我很放心。而以前看完光子的来信，就急急忙忙地锁在抽屉里。

我心里明白，丈夫绝不会善罢甘休的，还会兴风作浪，只是当前暂时保持平和状态，于是我更加昏头昏脑，完全成为感情的奴隶。然而，就在这时候，发生了一件做梦也没想到的事情，简直就是晴天霹雳。

那一天是六月三日，中午光子来我家，玩到五点左右就走了。我和丈夫吃过晚饭后大约一个小时，刚过九点不久，女佣说“有人从大阪给太太来电话”。

“大阪的谁啊？”

女佣说：“对方没说自己是谁，只是请夫人立即来接电话。”

“喂，您是哪一位？”

“姐姐，是我啊……”

除了光子，没别的人叫自己“姐姐”，可是大概电话很远，或者说话的声音很小，我听不太清楚，心想会不会是骚扰电话，于是又问一遍：“您是谁啊？您贵姓？您打的电话号码是多少？”

“是我啊，姐姐。我打的电话号码是西宫的一二三四号。”

我一听对方说的是我家里的电话号码，才断定对方是光子。

“……我现在在大阪南边，我遇上大麻烦了……我的衣服被人偷走了。”

“你说什么？衣服……你在那儿干什么？”

“我在洗澡……这儿是南地[①]的餐馆，里面有浴室……”

“哦，你干吗跑到那儿去啊？”

“三言两语说不清楚……以后再慢慢告诉姐姐。……现在，我实在没辙了……请姐姐无论如何帮我，我现在急需我们前些日子穿的一模一样的那件衣服……”

“你从我家走了以后，就直接去了大阪吗？”

“嗯，是的。”

“你在那里和谁在一起？”

“姐姐不认识的……总之，没有那件衣服，我今晚无法回家，无论如何……恳求姐姐了，能给我送来吗？”

光子已经带着哭腔，由于事出突然，我自己也是心慌意乱，甚至觉得膝盖发抖。我问“送到哪里”，她说“南地的太左卫门桥街笠屋町的一家叫井筒的餐馆”。我没有听说有这么个餐馆，光子说除了和服外，还要腰带、带扣、腰带衬垫等，幸亏家里有这一套东西。她说腰带、窄腰带、布袜等也被偷走了。

我问：“那有衬领吗？”

“衬衫在，没有被偷走。”

---

① 南地，大阪市中央区的花柳街。

她让我找一个可靠的人，一个小时以内，最晚必须在十点之前送到她手里。这是不能随随便便派一个人去的，要不我自己过去，便问道："我送去可以吗？"

我刚才就感觉光子身边有一个人，在电话机旁对光子"这样那样"地发号施令。

"事到如今，姐姐亲自送来也没关系。……不过，阿梅现在应该在梅田车站等着，要不你把东西交给她，但是她不知道这边的地址，请你把地址详细告诉她，就说来找一个名叫铃木的人。"

我听见对方似乎在嘀嘀咕咕商量什么，接着，光子说道："那个……姐姐……"她似乎难以启齿，"……还有，真的不好意思，还有一个人也没有衣服，如果可以的话，拿一套你丈夫的衣服来，和服、西服什么都可以……哦，还有，实在、实在不好开口，能不能给我带来二三十日元，如果可以，那就太好了。"

"钱没问题，反正你等着吧。"

我放下电话，立即叫车，对丈夫只说一声"我要去一趟大阪，光子有急事"，然后上二楼，急急忙忙从衣橱里把和服拿出来，再拿出丈夫平时出门穿的绸缎和服单衣以及短外罩、扎染腰带等必要的东西，用包袱皮裹好，让女佣拿着悄悄地先出门到玄关等着。

在我正要上车的时候，丈夫感觉不对劲，从屋里追出来，问道：“这么晚了，你拿着这些东西干吗去？”

他大概见我神色慌张，也没换出门的衣服，头发也没有梳整齐，心想肯定发生什么大事了。

“我也不知道怎么回事，刚才突然来电话说今晚急着要这套衣服……”我把从包袱里露出来的一点和服给丈夫看，“她说今晚一定要穿这件衣服，让我送到大阪的一家店里去。大概是什么戏剧票友的演出吧。我让出租车等着，马上返回。”

时间已经相当晚了，差不多九点二十五分，起先我想直奔那家叫井筒的餐馆，一转念，还是先去找阿梅，也许能够从她嘴里探听到一些情况，于是来到梅田车站。只见阿梅站在中央入口处，着急地四处张望。我从车里向她招手，叫一声“阿梅”。

“哎哟，是夫人啊。”阿梅吃了一惊，显得不好意思，踌躇着不想过来的样子。

“阿梅，你是在等光子小姐吧？刚才她给我来电话，说发生一些麻烦，让我马上去接她。你也快上车。”

“哦，真的吗？”阿梅不太相信的样子，磨磨蹭蹭的，我把她拉上车。

在车里，我把光子电话里的话简单地告诉她，问道：“我问你，那个和光子小姐一起去大阪的男人究竟是谁？阿梅你不会不知道吧？”

阿梅很为难的样子，没有回答。

“你不可能不知道吧？这事今天不是第一次吧？你说吧，不论发生什么事，我都不会连累你的。我会感谢你的……”说罢，我拿出一张十日元的钞票，用纸包上……

阿梅连忙推辞：“不，不，太太，您总是给我。”

“好了，推来推去，快没时间了。”我把钱塞在她的腰带里。

“我这样和太太一起去接小姐，合适吗？回头她不会责备我吗？”

“什么啊？她说我要是去不了，就让阿梅送去。”

“小姐在电话里真的这么说了吗？我总有点担心……”

阿梅大概心想是不是落入我设计的圈套。

“不用担心，她不打电话来，我怎么知道的啊？”

“那倒是，因为夫人一直不知道这件事，现在突然知道了，我有点害怕……”

“嗯，从什么时候开始的？”

“什么时候，有一段时间了……四月吧，我也不太清楚。”

“那个人是谁啊？”

“这我不知道。小姐总给我钱，让我去看电影，然后几点到梅田车站等她。小姐去哪里，我完全不知道，我一直以为是和太太您约会呢。每次回家晚了，小姐都说今天和柿内太太一起去哪里哪里游玩了……”

十

“这种情况有多少次了？”

“多少次……数不过来了。她有时说去学茶道，有时说去柿内太太家里，我信以为真，跟着出来。她忽然说还有点事要办，慌慌张张地，一个人不知道跑哪里去了。”

“真的这样的吗？”

“我没必要撒谎啊。……太太您一点都没有发觉吗？从来就没有意识到有什么不正常吗？”

“我简直就是一个傻子，被她当作工具彻底利用，被她践踏，还一直对她以诚相待，毫不怀疑。这算怎么回事啊……”

阿梅满怀同情地说道：“真的，我家小姐是一个很可怕的人……我每次见到太太，都觉得十分对不起您，觉得您好可怜……”

我心里委屈，满腔怨恨，虽然明知对女佣阿梅说也无用，但还是憋不住发泄出来：“阿梅，你早就察觉出来了，我可做梦都没有想到。前些日子和丈夫吵嘴，我还尽力维护她。我竟然昏头昏脑到这种地步，脑子就是缺根筋也能发现的啊。算了，像今天晚上给我打电话，究竟什么意思？未免欺人太甚……”

“是啊，真不知道她是怎么想的。大概实在是走投无路了吧？”

“即便走投无路，她和男人下馆子、泡温泉，还有脸找我？你想想是不是这样？”

“说的也是。可是她衣服被人偷走了，光着身子回不了家……”

“要是我就光着身子回家。既然能没羞没臊地打那样的电话，光着身子也就不算什么。”

“这个时候遇上小偷，看来还是不能干坏事。”

“这就是报应。要是光偷了钱还好说，结果连腰带、布袜都被偷走，弄得两个人赤身裸体……”

“是的，是的，是报应。”

“啊……她要和我做一套一模一样的和服，大概就是为了这种时候用的吧……我简直被她欺负到家了。”

“小姐今天穿这套衣服还算运气不错。要是太太不去接她，置之不理，那会怎么样啊？”

“我起初不想管的，究竟什么情况，一点都不知道，她在电话里哭哭啼啼地恳求，把我吓一跳。再说了，我嘴上怎么发火，心里还是对她恨不起来，眼前浮现出她光着身子瑟瑟发抖的样子，就觉得她挺可怜的，也就坐不住了，不能不管……阿梅，你看着是不是很傻啊？”

“是啊，是这样。”

“而且啊，不仅要我带去她的衣服，还要带去那个男人的衣服，他们还在电话边上嘀咕商量，似乎就是故意做给我看的。她有什么脸皮这么说？在人前一口一声‘姐姐、姐姐’，说‘我只给姐姐看我的身子’，现在好了，我可要看他们两人的裸体了。”

当时我在车里一心只顾和阿梅说话，不知道车到什么地方了，大概从堺筋[1]往西拐到清水町一带，前面可以看见心斋桥通的大丸百货店的灯光。车子在大丸前面往南拐到太左卫门桥街，司机问道：“这里就是笠屋町，请问停在哪儿？”

“这附近有一家名叫井筒的餐馆吧？”

司机找了一会儿，没有找到，向路人打听，才知道“那不是餐馆，是旅馆”，问“具体位置在什么地方”，说是“前面胡同里头”。——那一带是宗右卫门町和心斋桥通的后街，一条行人稀少昏暗的胡同，两边多是艺伎馆、小饭馆、小旅馆，不过如今歇业成为住家，门面狭窄，结构普通，十分僻静。

车子开进胡同口，果然看见挂着“御旅馆井筒”的小灯笼。我说“阿梅，你就在这里等着”，自己走进去。说是旅馆，给人私娼窟的感觉，井筒在胡同的尽里头。我拉开格子门，一时有点紧张，只听见有人在厨房里使劲打电话，我喊了几声，没

① 堺筋，大阪府大阪市中心的一条南北向干道。

人出来。过了一会儿，一个女店员大声叫着“晚上好、晚上好”出来，一见我，也不等我说话，连忙说“请上楼吧”，带我沿着窄窄的楼梯上到二楼，一边说“接您的人来了”，一边拉开客厅的隔扇。

我进去一看，客厅里面是一间三叠[①]的小房间，一个二十七八岁的皮肤白皙的男人端坐在那里。

对方说道:“请问，您是光子小姐的朋友吗？”

“是的。”

他立即毕恭毕敬地额头挨着榻榻米伏身道歉:“今晚的事情不知如何向您解释，只有深深地表示道歉。本来应该由光子小姐告诉夫人，可是她没脸见人，又没穿衣服，非常对不起。等她穿上衣服以后，再出来见您。”

这个男人绝对是光子喜欢的那种类型，五官端正，薄眉细眼，清秀姣好若女子，我看他第一眼就感觉“果然是美男子”。按说他也没有衣服，但身上穿着条纹铭仙和服单衣，后来才知道这是从旅馆的小伙计那里借来的。

“我把衣服拿来了。”说罢，我把包袱交给他。

“太对不起您了。”他双手恭恭敬敬地接过去，然后打开客厅边上的隔扇，把包袱塞到里面，又急忙拉上隔扇。我只瞟见

① 叠，日本房屋面积计量单位，一叠约为1.62平方米。一张榻榻米的传统尺寸为宽90厘米、长180厘米。

里面有一扇枕边屏风……

那天晚上的事情细说起来，话就长了，我心想该送的东西已经送到，而且这个男的在场，即使见了光子也说不了什么话，便将包有三十日元的纸包交给男人，说：“我先回去了，您把这个交给光子小姐”。

“您别这么说，请稍等一下，她很快就会出来的。”

在他执意的挽留下，我只好留下来，他重新坐直，说道：“这事本应该光子小姐亲自对您说，不过，我想从我的角度予以解释一下，不知您是否愿意听？”

——看来这是光子和这个男人事先的安排，光子觉得有一些话对我不好说，就利用自己穿衣服的时间，让他把事情告诉我。——啊，对了，那男人说“因为钱包也被偷走了，所以没有名片，我原先住在船场的德光商店附近，我叫绵贯荣次郎”。

据他说，光子还住在船场的时候，大约从去年年底认识相爱，并且私下约定要结婚。可是到了今年春天，又出来M家少爷的提亲，这样他们的婚事就不可能，但由于当时所谓同性恋的传闻，导致与M的亲事告吹。

他说：但是，我们并没有利用夫人，表面上看似光子利用了夫人，其实她对夫人的热情深为感动，虽然也爱我，但更加炽热地爱夫人，对此我深感嫉妒，要说被利用的话，倒好像是自己被利用了。虽然今天是第一次见到夫人，但光子经常提起您。她说，同样是恋爱，同性恋与异性恋的性质全然不同，如果我不同意她与夫人交往，我们之间也不能维持下去。因此，最近我也就表示认可。她说“我的姐姐有丈夫，虽然我也打算和你结婚，但夫妇之爱是夫妇之爱，同性之爱是同性之爱，你心里要有准备，我这一辈子不会离开姐姐。你要是不愿意，那就别结婚”，可见光子小姐对夫人的感情完全是认真诚挚的。

尽管我有被愚弄的感觉，但不能不说这个男人能说会道，说得滴水不漏，无懈可击。他说自己与光子的关系总不能一直瞒着太太，便对光子说已经认可她们的关系，也请太太认可。光子当然知道这样最好，可是每次见到太太，总不好意思张口，老说“以后看机会再说吧”，结果拖到今天还没有说。

至于电话里所说的衣服被偷一事，其实那是赌徒的勾当。详细听他讲，越发感觉真的不能干坏事。这天晚上，别的房间有人赌博，但似乎警察预先早已部署，只见警察乱纷纷冲进来。两个人惊慌失措，不顾一切地跑出房间，光子穿着长内衣，男人穿着睡衣，跑上屋顶，逃到邻居家晒东西的架子下面。那些赌徒也都争先恐后地四处逃窜，基本上都已经逃脱。其中有一对夫妇，动作慢了一点，在走廊上转来转去，忽然发现光子的房间开着门，便钻进去躲避。而这时光子他们刚刚逃出去。他们进去后发现糟了，于是这一对夫妇就装作幽会的情人的样子。

其实，来的警察带着不同的任务，一部分负责抓赌博，另一部分负责抓通奸犯。警察对这两类人都分得很清楚，他们觉得这一对夫妇很可疑，就把他们带走了。他们临走的时候，身上穿着光子他们扔在枕头边上衣筐里的衣服。

因为这一对夫妇是穿着旅馆的浴衣去赌博的，警察冲进来的时候，一片混乱，他们没能回到自己的房间换衣服，顺脚走进光子的房间，既然装扮成幽会的情人，于是就把光子他们放在枕边的衣服穿在身上。

当光子躲过一劫，终于回到房间的时候，发现衣服没了，连钱包、手提包也不翼而飞。因为旅馆的老板也被警察带走，没有人可以商量，回也回不去，而且光子的手提包里还有阪急的月票，还有那个男人的名片，要是警察给家里打电话，那事情就闹大了。实在到了走投无路、山穷水尽的地步，才给我打的电话。

男人最后说道："太太您能亲自到这里来，足以说明您心地善良，您也是为光子小姐着想。最后，还要再麻烦您把光子小姐送回芦屋的家里，就说今晚你们一起去看电影了。万一警察来电话询问，也请您圆满应对一下。"

十一

"夫人，今晚的事情肯定让您生气，但我还是再三再四地恳请您务必帮忙。”男子又伏在榻榻米上，“我怎么样都没关系，现在只求您平平安安把光子小姐送回家。您的恩德永生不忘。”最后，他双手合掌跪求起来。

我觉得自己真的做到仁至义尽了，对于他的这个要求，几次想拒绝，但还是没有说出口，心里觉得憋屈，默默地看着这个低声下气苦苦哀求的男人，终于心一软，说了两个字“好吧”。

男人满怀感激地、演戏般夸张地“啊”地叫一声，再一次额头伏在榻榻米上：“啊，您答应了？感激不尽。这下我就放心了。”接着，用察言观色的眼神说道，“那我现在把光子小姐叫出来。同时还顺便求您一件事：今天晚上她受到很大的惊吓，所以请您对她不要再提这件事了。您能答应吗？”

我没有法子，只好答应。于是他立刻隔着隔扇说道：“光子小姐，夫人都知道了。你出来吧。”

刚才还听见隔扇里面换衣服的窸窸窣窣声，这时已经安静下来，光子一定竖起耳朵倾听我们的谈话。听到男人叫她出来以后，又过了两三分钟，隔扇才一点点拉开，眼睛哭得红肿的光子走了出来。

我真想看看她这时是一副什么样的表情，但是她只和我对视一眼，便慌慌张张低下头，躲到男人身后，一声不吭地坐下来。我只能看到她浮肿的眼皮、长长的睫毛、高高的笔直的鼻梁、紧咬的下嘴唇。她双手——就这样子——插在和服开腋袖口里，下摆敞开，歪着身子，很不雅的姿势。我看着光子这副样子，想到这一身衣服，竟然一模一样，做完以后，还穿着一起拍照，不由得怒火燃烧起来。要是当初不做一模一样的衣服就好了，真恨不得上去把衣服撕个粉碎。——要不是有这么个男人在旁边，也许我真会做得出来。

也许男人感觉到我的躁动，没等我们说话，就催促道："快走吧。"

他自己也换了衣服，接过我的钱，到旅馆柜台结账，旅馆说"算了"，但他还是坚持结了账，最后对我说道："啊，夫人，实在对不起，如果现在能给您家里和光子小姐家里去个电话，那就万无一失了。"他做事可谓用心周到。

我也挂念家里的担心，便给家里打电话，问女佣："我现在先送光子回家后再回去。光子家那边来过电话吗？"

"嗯，来过了。我也不知道怎么回答，也不知道您几点回来，只是说两人一起去大阪了。"

"老爷睡了吗？"

"还没有。"

"你告诉他我马上就回家。"

接着，我给光子家打电话："今晚我们一起去松竹看电影，肚子饿了，又去鹤屋吃饭。时间太晚了，我现在就送光子小姐回家。”

光子的母亲说：“啊，是吗？因为太晚了，我刚才给你家打了个电话。”

听这个口气，可以确定警察没有给家里打电话。这就好办了，必须立即回去。但是，那个男人把三十日元的大约一半拿出来，分给旅馆的男女服务员，叮嘱他们，不论什么时候都不要把他们说出来，要是警察来调查，就如此这般地说。在这个时候，他还能这样处变不惊、细致安排。

我十点多一点到达旅馆，磨磨蹭蹭了一个多小时，出来的时候已经十一点多了。这时我才想起阿梅还在外面等着呢。我喊“阿梅、阿梅”，看见她正在胡同里转悠。

上车以后，那男人说“我送你们到前面吧”，厚着脸皮挤进来。我和光子并排坐里面，阿梅和绵贯坐在备座上，四人相对无语。车速很快，快到武库大桥的时候，男人对光子说：“怎么样？还是坐电车回去比较方便吧……”接着，像忽然想起什么似的问道，“光子小姐，在哪里下车呢？”

光子的家位于从芦屋川车站沿河西行的山那边，附近有一个著名的赏樱景点汐见樱，沿电车线虽然只有五六町[1]的路程，但中途有一片荒凉的松林，时有抢劫、强奸案件发生，弄

① 町，日本长度单位，一町约为 109 米。

得人人自危。平时要是晚回家，即使有阿梅陪伴，也都是从车站坐人力车回去。男人说："要不在车站下车？"这时阿梅插话说："不，人力车行的人都认识我们，还是早一点下车。"光子一直默不作声，只是时不时目不转睛地看着绵贯，好像用眼神悄悄传递什么信息，又好像在叹息。

那男人同样盯着光子的脸，说道："那就在国道的业平桥下车吧。"我知道，从业平桥走到阪急车站还有一段路，也是荒凉的所在，一边是高大松树林立的堤坝，三个女人根本不敢走。绵贯的目的是想和光子多待一会儿，下车以后他可以一路送她回去。他说自己"住在船场的德光商店附近"，可是对这一带的桥名和道路很熟悉，可见和光子在这儿不知道散步过多少次。

我真想说"一个男人跟着我们一起走，要是被什么人看见，那多不好，我们三个女的怎么都好说。你还是快走吧。你既然把光子托付给我了，你要不走，那我就走了"，但是阿梅总是和绵贯一唱一和，绵贯说什么，阿梅就附和道"这样好""就这么办吧"，还对司机说"不好意思，拉我们到阪急车站吧"，她说的话正合绵贯的心意。我怀疑这肯定是他们三人事先串通的阴谋。

我们在桥边下车，走上堤坝底下的黑路，那男人说"太太，这么个黑灯瞎火的，要是没有男人陪伴，会吓得不敢走"，趁势挽住我的胳膊，唠唠叨叨地讲述他和光子在这条路上都发生过什么事情，我故意走得很快，尽量拉开与后面的两个人的距离，我隐约听见后面五六间[1]远的光子“嗯”“啊”的声音。

走到车站，男人离开了，剩下三个人，都一声不吭，坐上人力车，送光子回家。

“哎呀，怎么这么晚才回来啊。”光子母亲出来，说道，“每次总麻烦您，真难为您了。”一再表示感谢和歉意。我和光子的神情都有点怪怪的，生怕话说多了会露馅儿，光子母亲表示给我叫车，我赶紧说“不用了，我让车子等着呢”，逃也似的出来，然后坐阪急线回到夙川，再叫出租车返回香栌园，刚好十二点。

“您回来了。”女佣到玄关迎接。

“老爷呢？已经睡了吗？”

“一直在等着您，刚刚躺下。”

我松了一口气，丈夫睡觉之前最好什么也不知道，于是尽量悄悄拉开门，轻手轻脚走进去，只见床头柜上放着一瓶白葡萄酒，丈夫头蒙在被子里，正在酣睡。他酒量极小，睡前喝酒更是少有，一定是担心自己，怕睡不着，才喝的。我都不敢喘大气，小心翼翼地躺在他身边，生怕吵醒他，但我

① 间，日本长度单位，一间约为 1.8 米。

无法入睡。

我越想越窝气，憋屈和怨愤一股脑儿地涌上胸间，似百爪挠心。这完全无法忍受，无论如何，我一定要报复，顿时火冒三丈，伸手取过床头柜上的葡萄酒，一口气喝干。那天晚上，本来就折腾得疲惫不堪，加上我平时滴酒不沾，结果一下子就酩酊大醉。——这可不是那种陶然昏然的感觉，整个脑袋要破裂一般，烧心反胃，仿佛全身的血液猛然冲上头皮，苦不堪言，喘不过气来，“都把我当作大傻瓜，欺人太甚，看我怎么收拾你”——心里一直纠结着，这句话简直就要脱口而出。我的心脏剧烈跳动，如同从酒桶的桶口往外倒酒的咕咚咕咚声，我自己都能听见。

忽然间，我发现丈夫也和我一样，心脏也在怦怦剧烈跳动，呼哧呼哧地大口喘气。两个人的呼吸和心悸越来越激烈，两个人的心脏会不会同时破裂，就在我这样胡思乱想的时候，丈夫的胳膊突然把我紧紧抱住。紧接着，我感觉到丈夫炽热的呼吸，感觉到他如火燃烧的嘴唇触到我的耳朵，说道：“你可回来了。”这一瞬间，我止不住泪水流淌，说一声“我难过……”，颤抖着身子，哭泣着紧紧抱着他，“我难过……难过……难过……”使劲摇晃他的身体。

“嗯，为什么难过？”丈夫极其温柔地问道，“你怎么啦？为什么难过？光是哭我也不知道，告诉我，怎么回事？”他用手擦去我的泪水，安慰我，哄我，这让我更加伤心，啊——啊——，还是丈夫最疼我，自己终于受到惩罚，此后和那样的人一刀两断，一辈子一心一意爱自己的丈夫。

我后悔莫及，我说“我把今天晚上的事都告诉你，你一定要原谅我”，便将事情的来龙去脉毫无保留地告诉丈夫。

十二

我怀着脱胎换骨的心态，第二天早上比平时早起两个小时，在厨房准备早餐，熨好丈夫的西服，这些事情平时都是由女佣来做，今天我抢先做好了。

“你今天不去学校吗？”丈夫临出门时站在穿衣镜前边系领带边问。

“那个学校我不想去了。”我在丈夫身后帮他穿上西服，然后看着脱下来换洗的衣服，坐了下去。

“怎么啦？去学校不要紧吧？”

“那所学校也学不到东西……也不想遇见那个讨厌的人……”

“嗯，是嘛。那不去就算了。”丈夫的眼里满含感激之情，接着又带着遗憾和可惜的表情说道，“不一定非去那所学校不可，要是想学画的话，别的什么研究所不是也可以吗？我每天早晨上班也可以和你一起出门。”

“我哪儿也不去，觉得去哪儿都学不到东西。”

从此以后，我就像一个称职的家庭主妇那样，整天就在家里拼命干活。丈夫见我这个以往任性恣意的妻子变得跟另一个人似的，心里十分高兴。两个人重修旧好，仿佛回到先前恩爱的夫妻生活。我比以前更想多待在丈夫身边，只要稍微离开一会儿，就会萌生那种邪念，只要见到丈夫，就会忘掉那个人。尽管我也想每天跟随丈夫出门，可是又担心万一路上遇见她怎么办？……当然即使发生了那件事，我也可以不予理睬，但突然相遇，我会做出什么反应呢？也许我会脸色煞白、浑身发抖、步子都迈不动，一头栽倒在门前吗？一想到这些，我就害怕出门。在外面也很可怕，别说大阪，就连走到电车站的这一段路，只要看见人影，我就心惊肉跳，慌慌张张地逃回家里，按着自己扑通扑通乱跳的心脏，自言自语道：“不行，不行，坚决不能出门，死了这条心吧。还是在家里努力做饭打扫卫生吧。”

还有，放在衣橱抽屉里的那些信笺必须烧掉，在此之前，先要把那幅观音菩萨像处理掉，每天都惦念这件事，想着今天一定烧掉、今天一定烧掉，可一走到衣橱前面，一想到拿在手里就会勾起对往事的回忆，还是没有勇气打开抽屉。我如此度日，只有到傍晚丈夫回家时，“可把你盼回来了”，一颗心才踏实下来，仿佛卸下一个大包袱。

“我最近一天到晚地想你，别的事都不想，你也一定要这样想我。”我使劲搂着他的脖子，“你一定无时无刻不疼爱我，要严严实实地填满我的整个心灵。”

如今，丈夫的爱情是我唯一的依靠，总是一个劲地对丈夫说“爱我再深一点、再深一点……”

一天晚上，我说“你爱我还不够”，接着疯狂般地兴奋起来。丈夫提醒道：“你啊，从一个极端跑到另一个极端。”他对我过分的激情感到有点不知所措。

如果这时候那个人冷不丁地闯上门来找我，那就不得不和她说话，这是我最担心的事情。不过，尽管她脸皮很厚，但还是不敢来找我，所以省去了我的担心。我暗中祈祷神佛，最后这样的结局应该是求之不得的。如果没有那一天晚上的事情，我还不能这样干脆利落地和她一刀两断，这大概也是天意吧。一切委屈悲伤都已经过去，如同噩梦醒来，现在心情开始逐渐平静踏实下来。

大约过了半个月，六月下旬——去年夏天的梅雨季节干旱无雨，每天艳阳高照，不少人跑到家门前的海边来游泳。丈夫平时比较清闲，但当时少见地业务有点忙，说再过几天才能抽出时间，和我一起找个地方避暑。

一天，我正在厨房做樱桃果冻，女佣进来说：“大阪的 SK

医院来电话找太太。”

我心里有一种预感，大概麻烦事要来了，说道：“大概是什么人住院了吧？你下次问清楚。”

“不是，是医院想直接和太太说话，好像是男人的声音。”

“这就怪了。”我走到电话机旁，突然莫名其妙地紧张起来，感觉拿着话筒的手都在颤抖。

对方问道：“您是夫人吗？”问了两三遍确认以后，压低声音，“突然打扰您，请原谅。请问您曾经把一本英文的避孕法的书借给中川太太吗？”

“哦，这本书我的确借给一个人了，但我不认识中川太太。也许是那个人转借给她的吧？”

“嗯嗯。”对方似乎表示理解，又问道，“是借给德光光子小姐的吗？”

我刚才就有预感，一听到这个名字，全身就像触电一样难受。一个月前，我把这本书借给光子，光子说她的朋友中川太太不愿意生孩子，问我“姐姐一定有什么避孕的好办法吧”，我说“说起来还真有，我有一本书，美国出版的，里面介绍好几种方法呢”，于是当时就把书借给了她。可是过后把这事给忘了。

这次医院来电话说，这本书造成严重的后果，详情在电话里不便说，夹在中间的德光光子小姐也非常担心，无论如何想见一次夫人，私下里商量解决的方式。听说最近她给太太写了几封信，都没有得到回复，不知如何是好。所以，无论如何请夫人和德光小姐见一次面。医院方面直接和您接触很不方便。最好是你们两个见面，医院表面上并不知情。万一您不和她见面的话，以后如果发生对夫人不利的结果，医院概不负责。

我揣摩这会不会是光子和绵贯策划的阴谋，又是骗人的把戏，所以对电话里的话半信半疑。当时对堕胎的确严加管控，报纸上经常刊登某某博士被捕、某某医院被揭发之类的报道。而那本书介绍利用药物、器具等方法堕胎，不少内容触犯法律。我猜想中川太太用其中的某种方法堕胎，结果发生大问题，一般人无法处理，最后只好抬到医院。另外，我吩咐女佣，凡是光子的来信，不要告诉我，一律烧毁。所以，发生这样的事情，我至今一无所知。医院方面催得很紧，务必让我今天就要和光子见面。我给丈夫打电话商量，他也说“如果是这种情况，不见不合适”。于是我给医院回复说可以见面，医院通知光子，让她立即来见我。

十三

打完电话大约两点，可是光子半个小时后就过来了。我心想，即便医院催得再急，按以往的经验路上总要花费一两个小时，再快也得到傍晚或晚上才能来，没想到这么快。

门铃“叮——咚——”响起来，门外传来草履踩踏在水泥地上的脚步声……由于从玄关到里面的门敞开，一缕熟悉的香气顺风从门口飘到走廊上来。丈夫还没有回家，我站起来转来转去，恨不得找一个地道钻进去，只听见女佣叫着“太太、太太”脚步急促地吧嗒吧嗒跑过来，脸色都变了。

“我知道，我知道，是光子小姐吧？”我一边说一边向玄关走去，可又“哦，等等、等等……”，也不知道叫谁，接着吩咐女佣说：“哦……让她等一等，在下面八叠的客厅里。”接着我走到二楼的卧室，坐在床上让悸动的心脏平静下来后，站起来，少许抹点胭脂，以掩盖苍白的脸色，再喝一杯白葡萄酒，然后壮着胆走下去。

我透过帘子一看见光子一身花枝招展的衣裳、坐着用手绢擦汗的身影，心脏又开始剧烈狂跳。光子也透过帘子看到我，等着我进屋的架势，笑吟吟地说道：“你好。我好久没有来看望姐姐了，实在抱歉。从那以后，又发生各种事……再一想到不知姐姐怎么看那天晚上的事，一定对我十分生气，所以就不好意思登门……”虽然她说话的态度显得客气，还不时窥视我的脸色，但语气依然感觉亲昵，盯着我的眼睛说道，“姐姐，你现在还生我的气吗？”

我特地正式地称呼她："德光小姐，我想你今天来不是为了说这些话的吧？"

"如果姐姐对那天晚上的事还不能原谅我的话，我就不好说下去了。"

"不，不，我是受 SK 医院的委托和你谈中川太太的事情的，我丈夫只允许我和你谈论这件事，所以请你别谈题外话。还有，以前的事情都是自己的愚蠢造成的，不怨谁，不恨谁，你以后就不要再叫我'姐姐'了。否则，我就走……"

这么一说，光子一下子沮丧下来，低着头，像搓绳一样用手绢绕着手指，故意装出泪水盈眶的样子，不再说话。

"你肯定不是来说这些话的吧，谈正事吧。"

"听姐姐这么一说……"光子仍然叫姐姐，"……我心里话也就说不出来了……其实嘛，刚才那个电话……说的并不是中川太太的事……"

"嗯，那是谁的事？"

这时，光子的两眼之间皱起来做出一副怪样，微笑一下，说道："是我呀。"

"这么说，住院的是你？"

——哎哟，这个人，厚颜无耻到这种地步！自己怀上绵贯的孩子，不知道如何处理，现在又想来利用自己。让我吃了这么多的苦头，难道还嫌不够吗？我气得浑身哆嗦，但强压怒火，佯装一无所知的样子。

“嗯，是的。”她点点头，“我想住院，但医院不让我住进去。”

她的话与电话里的话简直驴唇不对马嘴，接着她逐渐把事情真相说出来：我把那本英文书借给她以后，她按照书上说的几种方法尝试堕胎，但都不见效，这样拖下去，肚子就凸显出来了。心里异常着急，幸好绵贯认识道修町一家药店的掌柜，就按照书上的处方去那里抓药，也喝了下去。但是，他们没有把详情告诉药店掌柜，只是买了几味他们认为必需的药剂，剂量是自己随意调配的，结果出了大问题，昨天晚上突然剧烈腹痛，医生来之前，就大量出血。把情况对医生说明以后，光子还和阿梅一起请求大夫千万不要把这事告诉家里。但是，这个家庭医生一味叹气，说“不好办。这个我没法治。恐怕要做手术，你最好找一家认识的专科医院，和他们商量。我只能给你做应急处理”。他采取推托的态度。

其实光子认识 SK 医院的院长，心想他大概会帮忙，可是今天早晨一去诊断，那个院长也是同样的态度。当年成立这家医院的时候，光子的父亲是出过资的。光子和阿梅苦苦哀求，但院长坚持说：“实在难办，真不好办。要是以前的话，哪个医院都可以做。你们也知道，现在管控很严。万一出现纰漏，不光我一人，也有损你家的名声，这样也对不起你父亲。再说了，你为什么要拖到现在才来呢？哪怕早一个月来，也许还有办法。”

在和院长说话的时候，光子一阵阵腹痛，还出血，如果在医院发生意外，医院脱不了干系，可是见她这个痛苦的样子，又不能推出去不管，于是院长问她：“究竟是谁教你吃这种药的？你告诉我，我当然会替你保密。万一出什么问题，如果这个人能给你当保证人，我可以给你做手术。”

于是，光子将从我这里借书的事告诉了院长，还说我以前一直按照书上介绍的方法试验，都很有效，可是自己失败了。院长思虑片刻，说道：“这种事当然可以在医院做，但有经验的外行有时候做得更利落。欧洲的妇女往往不找别人帮忙，自己就能解决。但你的情况比较复杂，那位太太要是愿意负责的话，我可以给你做手术。她要是不愿意，那就请她解决，因为借书本是问题的祸根。我给你做，放心，不会有人知道，即使有人知道也不会有什么大问题。”

光子继续说道：“姐姐，我其实也不想让姐姐做这件事，可是我肚子痛得厉害，医生说有可能引发其他严重的病，所以非要请姐姐担保一下，他才肯做手术……”

我问道：“我该负什么责任啊？”

“或者去医院，当着院长的面，在第三方见证的情况下，做出保证；或者写一张字据，以备后用。”

我心想这事要谨慎，小心为妙，再说了，光子说的话有几分是真的，昨晚还出血，今天就跑过来，一点儿也不像病人的样子，这就令人怀疑。还有，刚才的电话，说是让医院的人给我打的，医院的人怎么冒出个中川太太呢？我感觉这里面肯定还有什么阴谋诡计，不能随便承诺。

这时，光子突然捂着肚子叫起来："啊，疼……又疼了！"

十四

"你怎么啦？"

只见她脸色顿时煞白："姐姐，姐姐，快带我上厕所。"

我不知道究竟怎么回事，心里也发慌，抱起在榻榻米上打滚的光子，她气喘吁吁，让她靠在我肩膀上，吃力地向厕所走去。

我站在厕所外面，问道："怎么样了？"

她的呻吟声越来越厉害："呜……我好难受！姐姐、姐姐……"

我猛然冲进去："挺住！挺住！"我抚摩她的肩膀，"有什么东西拉下来吗？"

"啊，我要死了！死了……救救我……"声音微弱有气无力地说，“姐姐……”紧接着，大叫一声，双手拼命地抓住我的手腕。

“这么点事怎么会死呢？阿光、阿光，坚持住！”我使劲鼓励她。

光子的目光似乎恍惚迷离：“姐姐，请你原谅我。我其实真心希望能死在姐姐的身边……”

我觉得她在说胡话，但感觉她的手逐渐冰凉，说道：“我赶紧叫医生吧？”

“给姐姐添麻烦，不要叫。要死就让我死在这里吧。”

不管怎么说，总不能这么待在厕所里，我叫来女佣，一起把她抬到二楼的卧室。由于事出突然，别的房间没有床铺，尽管卧室未必合适，但一楼每到夏天都将隔扇、拉门卸下来以便通风，无奈只好把人抬到卧室。扶她躺下以后，我想立即给丈夫和阿梅打电话，但是她紧紧拉住我的袖子，说“姐，哪儿也别去”，一直不松手。过了一会儿，光子好像病情有所好转，痛苦减缓，我心想看她这个样子，可以不用叫医生，不由得松了一口气。

她不让我离开身边，我吩咐女佣说“你去把厕所打扫干净”，又问她要吃什么药。“不要，不要。”她说，“姐姐，你把我的腰带松开。”我解开她的腰带，把她带血的布袜脱下来，用酒精和脱脂棉擦干净她的手脚，这时，她又开始喊痛：“我难受、难受……水、水……”她一边叫，一边使劲揪着床单和枕头，身子像虾一样弯曲成一团，痛苦地扭动。我端来一杯水，看她疯了一般折腾，好不容易按着她，嘴对嘴地喂几口，她似乎很甜美地咕咚咕咚喝下去。可接着又开始叫痛：“姐姐，求你坐在我背上，用力压我的背。”

我只好坐上去，问：“揉哪里？”她就说哪里哪里，我就按她说的又搓又揉又压，心想应该有所缓解吧，她又叫唤起来，看样子好像好不了。

疼痛稍微减轻的时候，她自言自语般说道：“啊、啊，我遭这份罪，都是姐姐对我的惩罚。……我要是死了，不知道姐姐能不能原谅我？”泪水还哗哗流下来。接着又大叫肚子痛，比刚才更加痛苦，在床上扭动打滚，说是好像有什么血块要掉下来，她说了好几遍“出来了、出来了”，可是我一看，什么都没有。

“你的心理作用吧，什么也没有掉下来啊。”

“要是掉不下来，我就要死了。姐姐希望我死去吗？”

“你为什么这么说？”

“可是让我遭受下地狱般的痛苦，还是快点死去吧。——姐姐你不是比医生知道得更多吗……”

她之所以这么说，是因为我以前对她说过“只要有一个小器械，就没问题”。不过，我已经从她刚才的“出来了、出来了”的叫声中就意识到今天的这一切都是拙劣的表演……其实早就开始有点察觉，现在终于知道又被她欺骗，但是，光子也看出我已经识破她的诡计了，却仍然恬不知耻地继续演戏。于是，接下来两个人都在自欺欺人……

先生，您大概已经听明白了吧？总之，是我眼睁睁地把自己送进光子设计的陷阱里去的。……嗐，至于那些血迹是什么东西，我没有问她。至今还不明白，大概是事先把演戏道具的血浆藏在身上吧。

“姐姐，你不要为前几天的事再生我的气了，能原谅我吗？”

“下次再敢骗我，就杀了你。”

“你要是再对我那么无情，我也杀了你。”

——也就是一个小时的时间，我们又和好如初，于是，我忽然害怕丈夫回来。经历过那件事后，一旦言归于好，恋情比以前更加炽烈，片刻不离，只是考虑以后怎么才能每天见面。

“啊啊，怎么办？光子，每天还来我家吗？”

“可以吗？”

“我也不知道可不可以。”

“要不我们一起去大阪？等明天姐姐方便的时候，我给你打电话。”

“我也可以给你打电话。”

说着说着就到了傍晚，光子打算回去：“我该走了，你丈夫快回来了吧……”

我一再挽留她：“再待一会儿吧，再待一会儿。”

“好啦，跟小孩子似的，别不听话。明天一定给你打电话，老老实实等着。”结果她反过来劝慰我，五点左右就走了。

丈夫平时都是六点左右回家，我以为今天他会担心光子来家里而提早回来，看来最近的业务比较忙，过了一个小时还没有回来。我利用这段时间赶紧把卧室收拾干净，重新整理床铺，把扔在地板上的光子的布袜捡起来。——她是穿着我的布袜走的——我看着布袜上的血迹发呆，就像做了一场梦。我该对丈夫怎么说？不知道该不该告诉他今天光子到卧室来了。怎么说才能更有利于今后和她经常见面。……就在我左思右想的时候，女佣突然在楼下通知道：“老爷回来了！”

我赶紧把手中的布袜塞进衣橱的抽屉里，走下楼。

丈夫一看见我，就问道：“怎么回事？刚才的电话……”

“我真不知怎么办。你怎么不早点回来啊？”

“我也想早回来，可有事走不了。……究竟怎么回事？”

“反正让我马上去一趟医院，我也不知道该去不该去，最后说明天再答复……”

“光子小姐走了吗？”

“她说明天无论如何要和我一起去医院，就走了。”

“你不该把书借给她。”

“我告诉她这书不要给别人看，这事都怪我。不管怎么说，明天去医院看望中川太太，跟她也认识……”

不管怎么说，我给自己找到了明天和光子见面的借口。

十五

那一晚感觉长夜漫漫，等到第二天八点丈夫一出门，就迫不及待地抓起电话。

“姐姐，你这么早啊，都已经起来了？”

电话里光子的声音和昨天差不多，但比起当面听觉得更加亲切，我心情激动地说：“你还在睡觉？”

“听到电话响，我就起来了。”

“我随时都可以出门，你能很快出来吗？”

“那我尽快准备，九点半能到梅田的阪急车站吗？”

“九点半，你能准时？”

“一定。”

“今天你一整天都有空吗？晚点回家不要紧吧？”

“不要紧。”

“我也一样。”

我准时来到见面的地点，不见光子的人影，我心想是不是又像往常那样梳妆打扮费时间，或者又对我玩弄什么骗人的花招，我想给她打电话，又担心打电话的时候她来了，找不到我，等得我心急火燎，好不容易十点过后，看见她气喘吁吁地从检票口跑过来："姐姐，让你久等了……去哪儿？"

"你知道有什么好地方吗？——安静、没人的地方，可以自由自在地待上一整天。"

"这样的话，去奈良好了。"

是啊，两个人第一次游玩的地方就是奈良，那个留下很多美好记忆的若草山傍晚的景色……我怎么忘记了这个值得纪念的地方呢？

"好在你想起来了，咱们再去爬若草山。"我发自内心地高兴……每当激动的时候都会热泪盈眶，催促道"快走吧，快走吧"，向"大出"[①]窗口询问后，一直到坐上出租车，我们的心情都极度兴奋。

"我昨晚想来想去，去哪里好呢？还是觉得奈良最合适。"

"我昨晚几乎没有合眼，想了很多。"

"昨天我走了以后，你丈夫马上就回来了吗？"

"一个小时以后。"

---

① 大出，大阪出租车株式会社的简称。

“他说什么了？”

“不说这个，我今天要把家忘在脑后。”

一到奈良，就从大轨电车的终点站乘坐小公交，直达若草山的山麓。和上一次不同，正是薄云微阴的夏天，爬到山顶，汗水淋淋，就在山上的茶摊里小憩，想起上一次从这里把橘子滚下来的事。刚好有卖柚子的。于是买了柚子，像上一次那样滚落下去，吓得下面的小鹿惊慌逃跑。

“阿光，饿了吗？”

“有点，可我还想在这儿多待一会儿。”

“我也想一直待下去，先吃一点点心垫一垫吧。”

我们一边吃着煮鸡蛋——权当午饭——一边从大佛殿的屋顶眺望生驹山。

“姐姐，上一次我们还采摘了不少蕨菜和笔头菜，现在即使到后山，恐怕也没有了。”

“现在这个季节，什么都没有。”

“可是我想去上一次去过的那个地方。”

于是，我们下到山谷，朝后山走去。这一带即便是春天，也很少有人来，夏天更是人迹罕至，草木繁密蓊郁，一个人恐怕都不敢来的地方。我们需要的正是这样的去处，谁也看不到我们，在野草茂盛浓密的深处，把我们掩藏起来，只有天上的白云看着我们。

“阿光……”

“姐姐……”

“我们一辈子好下去。”

“我想和姐姐一起死在这里。”

我们这样互诉心肠，然后默不作声，就这样一直待在一起，忘却了时间、世界，忘却了一切的一切，我的世界里只有可爱的光子一个人永久存在……

不久，天空阴云密布，冷飕飕的东西落在脸上。

“下雨了。”

“可恶的雨。”

“淋湿了不好，趁着还没有下大，赶紧下山吧。”

我们急急忙忙下了山，可是雨就稀稀拉拉掉一点，很快就停了。

“早知道这样，再待一会儿就好了。”

“真是的，这雨真气人。”

下山以后，突然都觉得肚子饿了。

我说：“正好是茶点时间，我们去饭店吃点三明治吧？”

“我知道一个好地方。”她一边说一边往大轨电车线旁边的一家新温泉旅馆走去。我虽然是第一次来，但感觉是和宝冢一样的家庭温泉旅馆，看来光子是这里的常客，对女服务员的名字、里面的布局都很熟悉。玩了一整天，回到大阪已是八点左右，但是我还是舍不得和光子分手，一刻都不想离开，并坐阪急线送她回芦屋川。

“啊，还想去奈良。阿光，明天能出来吗？”

“明天去近一点的地方，好吗？好久没去宝冢了吧？”

“那一言为定。”

我回到家里的时候，将近十点。

“怎么这么晚才回来啊？我刚才给医院打电话了。”

我心头一惊，急中生智，说道：“你打电话也没弄明白吧？”

“是啊，说是住院的病人中没有中川这个人，是不是有什么事瞒着我们啊……”

“是这样的，我去了医院，一问，根本就没有中川太太这个病人，其实就是光子本人。她昨天不是来了吗，我就觉得她气色不好。她担心说自己住院的话，我不会去见她，于是就冒名顶替中川太太的名字。”

“这么说，她住院了？”

“哪里啊。我对这其中的奥妙一无所知，本来约好今天去她家后一起去看望中川太太。可是一进她家门，她就说‘进来吧’，进去就进去吧，可她拖拖拉拉不想出门。我催促她‘快走啊’，她才坦白说：‘其实我叫你来，是这么回事，本来昨天想告诉你……最近这一段日子，觉得身子不对劲儿，可能是怀孕了。想尽快处理，打算向你请教，结果你就

把那本书借给我，可是我又看不懂英文，我害怕万一失败，那就完了。’

“我说：‘哼，你太不像话了。这么大的事情，为什么昨天还对我撒谎，你也太缺德了……’

“她说：‘我真的非常担心，并没有想骗人，只是一心想从你这里获得什么好主意，才说了谎话，请你原谅我吧。’最后，连阿梅都出来给我道歉……”

“弥天大谎，其他的肯定还有不少谎言吧？太不要脸了。”

“嗯嗯，肯定还有，昨天打电话来的是男人的声音吧，我想一定是绵贯，就是那个人在背后出谋划策。要是光子的话，她还不至于想出这些复杂的鬼主意。我也气得不行，说‘不想听你说，我走了’。结果她和阿梅分别拉住我的左右衣袖不放，光子哭着说：‘您千万别这么说，一定救我一命。这事要是被父母亲知道了，大家都不会同意自己和绵贯在一起，那我也就活不成了。’

“阿梅也苦苦哀求说：‘请您无论如何救光子小姐一命，务必请您费心。’

“这样一来，我也不知如何是好，实在左右为难，一筹莫展……”

“那后来呢？”

“不管怎么说，我不能随便把堕胎的方法告诉她啊。便说‘我也不懂这个方法，那本书本来就不应该借给你，这事风险很大，怎么可以自己做呢？你还是找一个认识的医生吧……’我正说话的时候，她的肚子又突然痛起来，折腾好大一会儿……”

我一边说，一边添油加醋，把昨天在家里发生的事情绘声绘色地添加进去。——光子昨天晚上按照书上的处方吃了药，我到她家里的时候，药性正好发作，肚子痛得死去活来。——我把光子昨天在我家里假装肚子疼的情景逼真地描述一遍。“看她这个样子，我也有责任，不能撒手不管，所以一直陪着她到现在”，我的这一番胡编乱造的表演居然骗过了丈夫。

十六

“今天我还要去看望她。也不能置之不理，还是有点担心，上了贼船，身不由己……”

这样，接连五六天，我们都找地方相会。

“找个没人的地方，要是每天见面两三个小时，那多好啊。”

“这样的话，还不如就在大阪市内呢……别看市内人多眼杂，其实比僻静的地方更不会引人注目。”光子说道，“……姐姐还记得上一次给我送衣服去的那家旅馆吗？那儿氛围很好，也让人放心……你看那儿怎么样？”

笠屋町的那家旅馆对我是无法忘记的羞辱之地，我的感情在那里遭受残忍的践踏，可是听到光子提出这家旅馆的名字时，起初虽然有点尴尬，却觉得去也可以，竟然没有一点生气的感觉，二话不说就同意了。看来光子抓住了我的弱点，只是第一次去的时候，我有点不自在的感觉，后来很快就习惯了，加上女服务员们都心领神会，回去晚的时候，还给家里打电话解释一番……

就这样，后来发展到各自去旅馆，然后从旅馆给对方打电话，如果她有急事要办，阿梅就打电话通知我。……这还不算，不仅阿梅，光子的母亲以及其他女佣都知道这家旅馆的电话号码，时常给光子和我来电话，看来光子骗得一家人全蒙在鼓里。

一天，我先到旅馆等光子的时候，听见外面女服务员打电话的声音："嗯，是的。……嗯，不，一直在等，还没出来吗？……嗯、嗯，我会转告她的。……哪里……我家太太总是得到夫人的关照……"

我觉得有点奇怪，便问她："刚才的电话，是德光家里打来的吗？"

"是的。"她哧哧笑起来。

“你刚才说‘我家太太总是得到夫人的关照’，你究竟以谁的口气说话呢？”

她又哧哧笑起来：“太太还不知道吗？我以您的事务员的身份回答的。”

我问她怎么回事，她说光子小姐告诉家里人，这儿是太太您在大阪的事务所，所以我冒充事务员。

后来我问光子，旅馆的女服务员是这么这么说的，是真的吗？光子满不在乎地回答道：“嗯，是真的啊。我对家里人说，姐姐有两处事务所，一处在今桥，另一处在南区，并且把这里的电话号码告诉他们了。姐姐也可以这样告诉你丈夫啊，就说这里是我家船场的分店，随便起个名字不就得了。”

就这样，我越陷越深，无法自拔，虽然心里也想这样下去不行，可事到如今，进退维谷。我心里明白自己是被光子利用了，可是她亲热地一口一声“姐姐，姐姐”，其实完全是在愚弄我。——她曾经对我说过：“被同性人崇拜要比被异性人更感到自豪。为什么这么说？因为男人喜欢漂亮的女人是天经地义的，而女人能让女人迷恋，那就不是一般的漂亮，应该为之高兴。”

正是出于这样的虚荣心，她怀着极大的兴趣夺走我对丈夫的爱情，但是，我清楚地知道，她的心其实一直都在绵贯身上。可是我的心，无论发生什么事情，都不会离开她，所以对她与绵贯的关系只是佯装不知，而心里极其妒忌，从来不提“绵贯”这个名字，仿佛不认识这个人。当然，这样做也把自己的弱点暴露无遗，因此，尽管光子叫我“姐姐”，我却反过来像妹妹一样讨好她。

一天，在旅馆里，光子问我：“姐姐，你想不想见见绵贯？——我不知道姐姐对他怎么看。那件事发生以后，他觉得对不起姐姐，想向你当面表示歉意。其实这个人并不坏，见了面，我想姐姐会喜欢他的……”

“是吗？这么说倒可以理解，要是他愿意的话，见见倒没什么。你喜欢的人，我也会喜欢的。”

“嗯，一定的。今天可以吗？”

“什么时候都可以。他现在在哪里？”

“他已经在这旅馆里了。”

我心想光子大概早就安排好了。

光子说：“让他进来好吗？”

光子一叫，拉门就打开了，绵贯走进来，说道：“是姐姐吗……”他上一次叫我“夫人”，这一次改称“姐姐”，一看见我，一副惶恐不安的样子，双腿合拢，毕恭毕敬地说道，“上一次实在太失礼了……”

上一次是在夜晚，他又穿着借来的衣服，而今天是大白天，他穿着藏青色上衣，白哔叽裤子，与那一天简直换了一个人的样子，年龄二十七八岁，皮肤比上一次感觉白皙，“果然是美男子”，不过坦率地说，面无表情，像是画里的美男子，缺少现代人的灵气。

光子说：“他很像冈田时彦[①]吧？”

我觉得他比冈田时彦女性化，眼睛细小，眼睑浮肿，眉间神经质地抽搐，令人感觉此人阴险狡诈。

“阿荣，用不着这么紧张，姐姐没有把那天的事放在心上……”

光子一味地从中打着圆场，调节气氛，可是我对绵贯没有好感，态度也就不那么随和。绵贯似乎也感觉出来了，同样面无表情，一笑不笑，只是规规矩矩地坐在那里。

只有光子嘻嘻哈哈地笑着：“怎么啦，阿荣？你这个人真怪。”对着一脸苦相的绵贯意味深长地翻着白眼瞪了一眼，“瞧你这副模样对姐姐多不礼貌。”还用手指戳一下他的脸颊，“姐姐啊，实话告诉你吧，他在吃你的醋呢……”

“没有，瞎说，没那回事……那是误解。”

“我哪儿瞎说了，那刚才是怎么回事？”

“刚才怎么了？”

“你不是说生为男人很苦恼吗，要是像姐姐那样的女人该

① 冈田时彦（1903—1934），大正、昭和初期的演员。默片时期外形出众的演员代表。

多好。”

“我是说了……但不是吃醋。”

两个人你一言我一语像是唱双簧，也是为了讨好我，大概也是事先商量好的。我觉得和他们凑热闹显得愚蠢，便一声不吭地看着他们。

“好了，好了，别在姐姐面前让我丢脸。”

“那你脸上怎么冷冰冰的啊？”

两个人继续就吃醋的问题啰啰唆唆喋喋不休争论一通，然后三个人一起去鹤屋餐厅吃饭，还去松竹看了一场电影，不过，三个人依然不太融洽。

十七

对了，对了，我刚才忘记说了，其实我也已经把笠屋町的电话号码告诉了丈夫，只不过说那是光子小姐父亲的小妾家的电话。说起来的确有点可笑，光子原先建议我说是他们店铺的“船场分店”的电话，可是总不能天天去她家的分店，后来想索性就说是光子住院的医院，但如果是医院，总有出院的时候，看来这也不合适，万一丈夫下班后过来接我回家，马上就露出马脚。我应该对丈夫怎么说呢？真难为我了。结果还是阿梅机灵，她说："这样行不行？" 这件事原本起因于光子怀孕，可是由于难以处理，吃药打不下来，做手术医生不愿意，眼看着肚子一天天大起来，没有办法，只好向母亲坦白，商量来商量去，只好暂时住在父亲的小妾的家里，直至生完孩子。于是，笠屋町叫井筒的这家旅馆就变成光子父亲的小妾的家，电话号码、真实的地址，都原原本本地告诉丈夫，查电话本也都能查得到，即便丈夫来接我，也都能对得上。

"这样的话，以后要是和姐姐出去玩，看来我得用棉花垫肚子，装成怀孕的样子。"光子说完，哈哈大笑起来。

不过，大家都觉得这个方法最合适，不会引人注意，所以一致同意。

"真的吗？光子小姐怀孕了？" 丈夫信以为真，流露出同情的神色。

"你不是告诉过我，不要帮她打胎吗？所以不论她怎么求我，我都没有教她。可是现在肚子越来越大，她父母亲把她送到那里去，要求她足不出户，一直就住在里面，这和关起来有什么两样。她说实在太无聊了，要我每天过去陪她说说话。我不知道该怎么办。——也许她本来就挺恨我的，我要是不管她，心里又过意不去。"

"是啊，可要是你们故态复萌，那就不好办。"

"哦，我已经没有这个想法了，至于光子，这次她也吃了不少苦头，像是变了一个人似的。而且既然到了这个程度，今后也只能和绵贯在一起，看上去比先前稳重多了。她家里人最后也只好承认这个关系，可就是现在没有一个人去看望她，她说‘自己最信赖的还是姐姐’。虽然觉得她是自作自受，但也有可怜之处。她说：‘姐姐，我已经怀了孩子，你丈夫应该不会再误解了吧？过几天我和绵贯一起去拜会你丈夫，向他道歉。以后咱们就像真正的姐妹那样交往，这样可以吧？’”

丈夫还是有点不放心，但也没说什么，只是吩咐“还是尽量谨慎为好”，后来不再过问。

从那以后，笠屋町的旅馆便无所顾忌地打电话过来——“请问，太太在家吗？”我也满不在乎地给光子打电话。有时候我在光子那边玩到傍晚还不回去，丈夫则打电话来说“差不多该回家吃晚饭了”。——阿梅这个主意实在太妙了。

那个绵贯，虽然在光子安排下好不容易和他见过一面，但双方各怀戒心，隔阂未消，都不想再次见面。光子对两人的和好似乎也已经断念。上次三个人去松竹看电影之后大约半个月的一天，我在光子那儿玩到五点半左右，光子说“姐姐先回去好吗？我还有点事”，仿佛赶我走似的。她以前就有过这种情况，所以我也没有往心里去，就说“那我走了”。

我从旅馆出来，一拐进胡同，就听见有人小声叫我：“姐姐。”回头一看，原来是绵贯，他说，“姐姐现在就回去吗？”

“嗯，是啊。阿光等着你呢，快去吧。”我带着不无讽刺的口吻，打算拦一辆出租车，便朝宗右卫门町方向走去。

“等等……等一下……”他紧跟上来，“其实，我有话想和姐姐说，方便的话，占用您一个小时的时间，在附近散散步，好吗？”

“你想对我说什么？不过，人家一直在等着你呢。”

“是嘛，那我找个地方给她打个电话。”

于是，我们走进附近的梅园餐馆，吃凉菜的时候，他给光子打了电话，然后我们沿着太左卫门桥街一边往北走一边说话。

“刚才我给光子打电话，说是临时有急事，可能要晚到一个小时，没有告诉她和姐姐见面的事。也请姐姐不要告诉她，可以吗？如果姐姐答应这个条件，我才能说。”

我呛声道：“别人让我保密的事，我从来都是守口如瓶，但是我这么守信，却往往被人算计，反过来让我吃了不少苦头。”

“姐姐，您是不是认为光子所做的一切事情都是我在背后教唆、我在背后操纵？当然，您要是这么认为，我也没办法。”说罢，他低下头，叹一口气，“我想和姐姐说的正是这件事，姐姐您觉得光子是更爱我还是更爱您？姐姐也许觉得自己被我们玩弄、利用，其实，我自己也有同样的感觉。我对您真的感到嫉妒。她对我说，利用姐姐欺骗家里人再合适不过的了，她就是把姐姐当作工具使用。可是现在，她还有必要拿您当工具使用吗？如果还需要这工具的话，岂不是成为一种障碍吗？她要是真爱我，不是应该尽快和我结婚吗？”

我全神贯注地听着，感觉他的态度十分认真，也合情合理。

“不过，你们之所以不能结婚，不是因为光子家人的反对吗？我总是听她说，她本人想尽快结婚。”

“她不过是嘴上说说而已。家人反对确有其事，但她要是真想结婚的话，完全有办法说服父母。何况她现在已经怀有身孕，还能嫁给谁啊？”

——哈，这么一说，难道光子真的怀孕了？我觉得奇怪，非同小可，只好听他继续说下去。

“据说她父亲大发雷霆，说自己的女儿非百万富翁不嫁，怎么可能嫁给一个一贫如洗的穷小子，孩子生下来也送人。这简直就是混账话。孩子太可怜了，这涉及人道主义的问题。姐姐，您怎么看？”

“今天我是第一次听说光子怀孕了。有什么先兆吗？”

“什么？您是第一次？”绵贯满怀狐疑的眼光目不转睛地凝视着我的脸。

"是啊，是第一次。光子从来没有告诉过我。"

"是吗……可是，她不是向您请教过避孕的方法吗？"

"那倒是有。可是，她是为了接近我，才编造出这种怀孕的谎言。结果我对丈夫也说光子怀孕了，所以时不时去看望她。"

"哼，原来是这样啊……"绵贯顿时眼珠通红，嘴唇苍白。

十八

"姐姐，她为什么要隐瞒怀孕这件事呢？尤其对姐姐都撒谎，这怎么可以呢？姐姐您真的不知道啊？"他疑虑未消地又叮问几遍。

可是我真的不知道。按照绵贯的话说，光子已经怀孕三个月，还去看过医生。如果是这样的话，上一次她在我家闹腾出血，应该是真的。可是，三个月的身孕，一般人看不出来。后来，我的确听光子亲口告诉我"自己不可能怀孕的"，所以我一直认为，当时光子的出血完全是一场骗局。但如果绵贯说的是真的的话，只能说明光子不愿意把实情告诉我。

绵贯刨根问底："她为什么说自己不可能怀孕？她按照书上的方法打过吗？还是说她的体质怀不上？"

我在光子面前尽量不提绵贯这个名字，所以不会问这些详情……可是，前几天光子还说“以后要是和姐姐出去玩，看来我得用棉花垫肚子，装成怀孕的样子”，我根本就没觉得她怀孕了。

绵贯觉得光子根本就没有认真考虑过结婚的问题，要是有了孩子，那就只好在一起，但是她不愿意和绵贯结婚，所以能瞒一天就瞒一天。绵贯说“我觉得她一定是这个想法”。

绵贯认为，光子这个人喜欢同性恋胜过异性恋，因此不打算结婚。——万一有了孩子或者结婚，她就担心我离她而去，所以能瞒就瞒，瞒一天是一天，过一阵子，要不打掉孩子，要不让绵贯厌恶自己。——也许是我想歪了，怎么也感觉不到光子更爱我，可是绵贯说：“不，真的是这样。姐姐是幸福的。……啊，啊，相比之下，我生来就是这种不幸的命。”

绵贯像舞台上演员念台词一样，抑扬顿挫，一脸哭相，让我想起第一次见到他时的女里女气，可是看他现在说话的样子，无论表情还是口气，都那么嗲声嗲气，黏黏糊糊，一件事固执地翻来覆去，还目光瞟着对方的脸色窥测心态，怪不得光子不会喜欢这种人。

据绵贯说，说到上一次在笠屋町那家旅馆被人偷走衣服那件事，绵贯原本不同意光子给我打电话，说既然如此，干脆就借女服务员的衣服穿着回去算了，趁此机会，就对家人说自己有了一个相爱的男人，已经发生关系，还是让他们赶紧结婚吧，不然的话，他们就可能私奔。其实这样对家里人摊牌，没什么可怕的，但光子在那种情况下却无论如何要给毫不知情的姐姐打电话。这样做实在太厚脸皮了，绵贯对她说“你打电话，姐姐也不会来的”，但光子说“没有那一身衣服，今天就无法回家”，她是不听绵贯的话的。“事到如今，那就干脆一起私奔算了”，但光子说“这样的话，以后事情就很不好办，我对姐姐说说好话，把她叫过来。只要我求她，姐姐不会不答应的。哪怕生了气，我也会哄她回来”。她最终还是没有听绵贯的劝，给我打了电话。也许当时我觉得电话机旁还有一个人和她嘀嘀咕咕地商量，那是他放心不下，在她旁边。

绵贯一路上唠叨着，不知不觉走过三休桥，来到本町街，但我们都还想“再聊一会儿”，于是穿过电车轨道，往北滨方向走去。

我原先一直通过光子来想象绵贯这个男人，认定一切都是这个男人使坏教唆。可是刚才听他这一番话，好像也不尽是谎言，他的女里女气以及疑神疑鬼的性格也许天生如此，也许是光子的态度使然……也许是我多次被骗，弄得心里有点扭曲……所以觉得他的话也有可信之处，再加上他的些许推测，觉得他是真心诚意地想博取我对他的同情。不过，他说光子爱我胜于爱他，这个我不会相信，于是我安慰他说："不会的。绵贯先生，你想多了。"

"不、不，我也愿意这么想，但绝对不是这样。姐姐您还没有真正了解光子的本性。"

光子似乎在我面前装作爱绵贯的样子，但在绵贯面前装作爱我的样子，她喜欢玩这种手法。但是，比较起来，还是觉得她更爱我，不然的话，在我们近于绝交的情况下，她怎么还冒充医院的人来诓骗我。

绵贯问道："那时候，光子去姐姐家里是怎么说的？你们又怎么和好如初的？她后来对我说过，但没详细说。"

于是，我把那天光子折腾出血的事告诉绵贯，他一边听一边"哼、哼"地表示惊讶，然后说道："我做梦也没想到还有那样的折腾。怀孕确有其事，但我认为既然怀上了就顺其自然，不要采用吃药什么不正常的手段非打掉不可。她自作主张和姐姐商量，我知道以后很不高兴。她瞒着我偷偷吃药，但并没有疼得受不了，也没有出血，这都是骗人的。还有，那像是血的究竟是什么东西？"

光子为了能和我重修旧好，居然耍弄这种花招，不能不说还是喜欢我的。可如果真是这样的话，她为什么还和绵贯来往呢？真心爱我的话，不是早就应该和绵贯分手了吗？于是我说道："这就怪了。"

但是，绵贯说，即便光子喜欢某个人，她也不会主动表现出来，而是设法让对方向自己示爱，仿佛自己就是一个绝世美女，高高在上，别人都要拜倒在她的石榴裙下，不然心里就不痛快。她觉得自己去接近别人，那是跌份儿。她这么做，是故意让我产生嫉妒之心，利用绵贯故意在我面前显示优越地位。

绵贯瞪着蛇一样的眼睛直视我，说道："如果她提出和我分手，我也不知道该怎么办，我有点害怕。现在这样的关系，不是那么容易说分手就分手的。不然的话，我也豁出去自己的名声、性命，对她复仇。"

十九

"怎么样？姐姐，还可以再走一会儿吗？"

"嗯，我没问题。"

"那我们往回走吧。"

于是，我们从北滨路往南走。

"这个样子，我和姐姐就成了情敌，而且我必败无疑。"

"我不这么认为。不论我和光子怎么热恋，都是违背伦理的。要是谁被抛弃的话，那肯定是我。光子的家里人大概会同情你，但没有人同情我。”

绵贯又如念台词般抑扬顿挫地说起来：“可是，姐姐，正是这种违背伦理才有优势。为什么这么说呢？想找异性朋友，多的是，可是要找同性朋友替代姐姐，那还真没有。所以说，我是随时都会被抛弃的，而姐姐不是。……哦，对了，不仅这些，女同性恋者即使和男人结婚，也还可以继续下去，就是换几个丈夫，也毫无影响。所以，姐姐与光子的爱情比夫妇之爱更是永恒坚固，然而我是多么不幸啊！”

接着，他思考片刻，说道：“嗯，姐姐……我想听姐姐的心里话，您是希望光子和我结婚呢，还是和别的男人结婚？”

“如果光子想结婚的话，当然觉得和我比较了解的绵贯你最合适。”

“如此说来，我和姐姐就没有理由成为情敌了。”

他还说：这样的话，那我们以后结成同盟吧，再也不要妒火中烧，应该互相帮忙，以防自己被人欺负。以前正是因为我们互不来往，才让光子钻了空子，被她利用。以后我们可以经常见面，加强沟通。当然，首先我们要加深理解，相互认同各自的立场。套用光子的话说，就是同性恋与异性恋的性质迥然不同，所以用不着相互妒忌。像她那么漂亮的女人，肯定不会只有一个人爱她，五个十个崇拜她都很正常，现在就我们两个占有她，还是要珍惜。想到就我和姐姐两个人占有她，不是觉得这世间就我们两个人最幸福吗？只要我们都这么想，这幸福就永远掌握在我们手里，不会被别人抢走，那该多好。

“怎么样？姐姐。”

“只要你有这个想法，我会守信用的。”

“我本来想，如果姐姐不答应我的话，我就把你们的事张扬出去。我自己得不到好，也不让你们好。但是，现在听姐姐这么表态，我就放心了。光子的姐姐就是我的姐姐，她没有兄弟姐妹，我把姐姐当作自己的亲姐姐一样对待。也请姐姐把我看作您的亲弟弟，心里有什么烦恼，尽管对我说，不必客气。我这个人，对仇人毫不留情，对朋友舍命相助，我会为姐姐竭尽全力。如果我借姐姐的一臂之力能娶到光子，我对姐姐更胜于夫妻关系。”

“你真的能说到做到吗？”

“一定。我是男人，一辈子不会忘记姐姐的大恩大德。”

我们一路走到梅园前面，相约以后有事就在梅园见面，然后紧紧握手告别。

回家的路上，我的心情又激动又高兴。光子真的这么爱自己吗？光子爱自己胜过爱绵贯吗？这不是做梦吗？——昨天我还认为自己被他们两个玩弄，今天的局势陡然巨变，还一下子没反应过来，如堕五里雾中。不过，我仔细琢磨绵贯说的话，要是光子不喜欢我，为什么要闹出那么大的动静呢？既然有了心上人，怎么还和我见面？

——现在回想起当初和光子认识的经过，在观音菩萨模特儿这件事闹得沸沸扬扬的时候，她大致从我的态度举止上观察出我的心情，在路上与我相遇时，她就断定我会喜欢她，于是设下圈套，主动勾引我。虽然是我先开口和她打招呼的，但平时一脸冷漠的她唯独对我面露微笑，终于在她的诱惑下，和她结识，在让她给我当裸体模特儿时，尽管也是我主动说的，但其实她的表情是在示意我这么说。——其实，虽然我崇拜光子，但究竟出于什么原因发展到现在这样的关系呢？说起来既有我对丈夫的不满，也有对学校谣言四起的那种氛围的逆反心理，而光子看穿了我具有被她利用的可能性，不动声色地对我暗示，诱我上钩。现在想起来，那桩所谓与M家的亲事感觉只是一个借口。反过来说，尽管我明知这是陷害我的圈套，表面上却是我主动向她接近，自愿踩进去。当然，绵贯的话也不是百分之百地可信，例如那次衣服被偷的晚上，肯定是绵贯在背后指使。从SK医院打电话来的那个男人，除了绵贯，光子还能让别人打这个电话吗？这些疑问有的也让人无法理解。还有，她怀了孕，为什么要瞒着我？我对她那么担心牵挂，她却把我视为外人，所以我觉得还是被她欺负了。我忽然觉得，今天绵贯把光子怀孕的秘密告诉我，会不会是想挑拨我和光子之间的关系呢？他拉拢我，是为了不让我捣乱他与光子之间的关系，而一旦结了婚，就把我抛弃呢？——这么一想，对他的疑虑越来越深。

过了四五天，他又在胡同口等我："姐姐、姐姐……今天我有事和姐姐商量，一起去梅园好吗？"

我们来到梅园，进入二楼的单间。

他说："我们姐弟之约，口说无凭，姐姐对我不相信，我也有点不放心，彼此猜疑，所以，我觉得有必要交换誓约书。我今天把誓约书带来了……"

说着，绵贯从怀里拿出两份誓约书。

……哦，对了，这就是当时的誓约书，请先生看看。[①]

誓约书

住址：兵库县西宫市香栌园××

律师法学士柿内孝太郎之妻柿内园子

明治三十七年五月八日生

住址：大阪市东区淡路町五丁目××番地

公司职员绵贯长三郎次子绵贯荣次郎

① 按照故事的发展情节，笔者觉得有必要介绍一下誓约书，而且从中也可以想象出绵贯这个男人的性格，所以不厌其烦地全文抄录如下。——作者注

明治三十四年十月二十一日生

鉴于柿内园子和绵贯荣次郎各自都与德光光子具有密切的利害关系，双方同意自昭和某年七月十八日起，按以下条件结为亲姐弟，特此誓约。

一、柿内园子为姐，绵贯荣次郎为弟。荣次郎虽年长，因是园子之妹夫，故此。

二、姐姐承认弟弟是德光光子的恋人，弟弟承认姐姐与德光光子的姐妹之爱。

三、姐弟共同密切合作，防止德光光子移情别恋。姐姐应尽力促成弟弟与德光光子的婚事，婚后，弟弟不得对姐姐和光子业已确立的关系持有异议。

四、如若一方被光子抛弃，另一方也必须采取共同行动。即：如果弟弟被抛弃，姐姐也必须与光子断交；如果姐姐被抛弃，弟弟则与光子解除婚约，如已婚，则离异。

五、任何一方，未经另一方同意，不得擅自与光子私奔、隐匿、情死等。

六、双方对该誓约书绝对保密，以免引起光子的反感。非到万不得已时，必须经过与另一方的协商同意，才可以对光子或第三者公开。

七、如一方违约，将甘愿承受另一方的任何惩罚。

八、该誓约书在某一方自愿放弃与光子的关系之前有效。

昭和某年七月十八日

姐：柿内园子（章）

弟：绵贯荣次郎（章）[1]

“怎么样？姐姐。这些条件可以接受吗？如果同意的话，请在这里签名盖章，如果认为还有哪些不满意的地方，请不客气地提出来。”

“已经写得很全面了，没什么问题，不过要是生了孩子，你们俩不是更看重家庭吗？这个地方最好再斟酌一下。”

“这一点在第三条有明确规定：‘婚后，弟弟不得对姐姐和光子业已确立的关系持有异议’，绝对不会因为生孩子而牺牲

---

① 这些文字写在两张改良半纸上，用纸捻装束起来，细毛笔字，写得相当精心，密密麻麻挤在一起，一笔一画一丝不苟。两张改良半纸还剩下四分之一的空白，其实没有必要写得这么密集，大概是绵贯平时这样写字的习惯吧。对于不善于使用毛笔的现在年轻人来说，字体就已经相当不错了，只是给人商店掌柜一手好字那样的庸俗感。最后是两个人的签名，在梅园的二楼，用钢笔签的名，园子遗孀的签名特别大，显得很不协调。而且名字下面有一块茶褐色的斑点，像是贴上一片花瓣，在半纸的封印处也同样有相同的斑点，这令人感到害怕。这个斑点究竟是什么含义？园子遗孀大概会予以解释的吧。——作者注

改良半纸，半纸即和纸（日本纸），只是尺寸为整张和纸的一半。改良半纸是将骏河半纸加以漂白的一种和纸。明治末期在市面销售。

姐姐，所以不必担心生孩子的事。如果姐姐觉得还不够明确，可以修改补充，按照姐姐的意思来写。”

“现在光子肚子里的孩子是你们结婚所必需的，这事没办法，但希望婚后就不要生孩子了。”

绵贯略一思考，回答道：“好，就这么办。……还有这种情况、那种情况，您看这样写行不行？”

绵贯考虑得十分周到细致，我没想到的他都想到了。——请先生您看第二页纸的背面，这就是当时用钢笔补充进去的内容。①

写完以后，绵贯说道：“写得这么周全，我就放心了。这条件，姐姐可比我有利多了，您从中也可以看出我的诚意。……好吧，那就请签字吧。”

“签字可以，可是我没带印章来。”

“既然是结拜为姐弟，普通的印章就不起作用了。对不起，姐姐您稍微忍一点痛。”

他嘿嘿笑着，从袖子里拿出一件东西。

---

① 誓约书最后一张纸上，写有“补充事宜”：“弟弟与德光光子婚后，随时注意不使其怀孕。如果有一点怀孕迹象之嫌疑，如何处置，悉听姐姐指示。”——在这一条后面，似乎又临时添加以下两条：“虽未婚先孕，孕中结婚，但婚后应采取一切手段，尽量避孕。”“如弟弟不能保证妻子忠实履行此补充事宜，则不得与光子结婚。”——在这个地方又有茶褐色的斑点。——作者注

二十

“好，把胳膊露出来，有一点痛，忍一忍就好了。”

说着，他一把紧紧抓住我的手，我以为是手指尖刺血，没想到把我的袖子卷到肩膀上，用手绢捆住我的上下胳膊。

我说：“摁个指印，不就可以了吗？”

“这与一般的摁指印不同，这可是义结金兰。”

接着，他也把自己的袖子撸上去，和我的胳膊并排挨在一起：“准备好了吗？姐姐，不能叫唤！……马上就好，闭上眼睛。”

“不。”我非常担心，不知道他会干出什么事，想逃走，手腕却被他死死抓住，看着他手里一件东西寒光一闪，我简直要昏厥过去，心想我闭上眼睛的瞬间，我的喉咙会不会挨上一刀，我还能不能活命，反正也是横下一条心，做好被杀的思想准备。只觉得胳膊上被一个尖锐的东西划痛的感觉，我几乎晕过去，只听他说“姐姐挺住、挺住”，然后把自己的胳膊伸过来，说：“姐姐先来。”然后一边说“这儿、这儿、这儿要摁指印”，一边抓着我的手指蘸着他胳膊上的血摁指印。

我发现绵贯这个人很可怕，不敢惹他，所以打算信守誓约，便将誓约书锁在衣橱的抽屉里。心里觉得对不起光子，第二天，见到光子时，我极力装作若无其事的样子，但似乎还是露出了破绽，总是心神不定的样子。光子看着我的脸，说道："姐姐，你怎么啦？胳膊怎么破了？"

"哦，你说这儿啊？昨晚被蚊子叮了一口，被我挠破了。"

"是嘛，这就怪了。阿荣的胳膊也同样破了。"

我一听，心里有鬼，脸色陡变。

"姐姐，你肯定有什么事瞒着我吧？这究竟是怎么回事呢？把实情告诉我吧。……其实，就是你不告诉我，我也能猜出八九分。莫不是姐姐背着我和阿荣有什么约定了？"

没想到光子一下子就察觉出来了，击中我的要害，我也就不能继续装糊涂，脸色煞白，默不作声。

"我说得没错吧？为什么不想告诉我呢？"

——原来昨天绵贯回去以后，光子发现他的胳膊上有伤，当时就觉得可疑，今天一看我在同样的地方也有一处伤，便说道："姐姐，我和阿荣，你认为哪一个更重要？……既然瞒着我，当然就是不想让我知道……"她似乎怀疑我和绵贯之间有什么不可告人的关系，便说道，"你今天不把这事说清楚，就甭想回去。"

即便在这个时候，光子依然饱含热泪，镇定自如，一双满含幽怨的眼神直勾勾地看着我，那目光透着诱人的妖艳，摇曳着一种难以言状的妩媚妖冶的风情，“嗯，姐姐……”她眉目含情，娇声柔媚，我完全无法抗拒她的魅力。她既然已经察觉出来，如果不告诉她，势必早晚会闹起来，我知道瞒是瞒不住的，只能招致更大的怀疑，可是没有和绵贯事先商量，我也不敢贸然回答。便说道：“请你等到明天我再回答。”

光子说：“既然明天能告诉我，为什么现在不能告诉我？如果你要和别人商量的话，不听也可。如果你现在只对我一个人说，我绝对不会给你添麻烦。”

我怎么说她就是不听，于是我也发火了：“阿光，你不是也有事瞒着我吗？”

“我瞒你什么了？我对你说的都是实话。你要是这么认为的话，你就说出来吧！”

“哼，你敢说真的没有瞒我吗？”

“当然没有。即便有的事没有告诉你，那也不是故意对你隐瞒。”

“你怀孕的事为什么瞒着我？”

“姐姐，你说什么啊？”

“上一次，你到我家里来折腾半天，你肚子里真的有孩子吗？”

“啊，那时候……”光子这才难为情地脸红起来，“那一次是为了见到姐姐，才故意装出来的……”

“我不是问这个，我想知道那时候你是不是怀孕了？”

“哎哟，当然没有了。”

“这么说，你现在也没有怀孕了？”

“这还用说吗？怎么你还用怀疑吗？”

“说不好，但怀疑有怀疑的理由。”

“啊，姐姐，我明白了。”光子表现出一副了然于心的表情，“是阿荣对你说我怀孕了吧？他肯定会这么说的。我跟你说实话吧，那个人根本就没有生育能力，满嘴胡说八道……”

光子紧咬牙根，大滴的泪珠扑簌扑簌顺着脸颊流淌下来。

我大为震撼：“阿光，你说什么？”我简直怀疑自己的耳朵听错了。

光子呜呜咽咽地说道：“其实，我根本就没有对姐姐隐瞒过任何一件事，但这是绵贯的隐私，一旦别人知道了，我自己也没有面子，觉得他可怜，才没有告诉你。但如果他在背后对我污蔑诽谤，造谣中伤，我就一点儿也不会同情他。我自己落到现在这个地步，归根结底就是因为他，都是他的所作所为才造成我的不幸。”说罢，光子号啕大哭起来，然后对我一五一十地讲述与绵贯相识的过程。

那是两年前的夏天，光子去滨寺的别墅时认识的。一天晚上，绵贯请她出去散步，把她带到海岸边的一条渔船后面。夏天过去，由于两个人在大阪的家离得很近，于是经常互相叫对方出来见面。一次，光子从女中的同学那里听到有关绵贯的奇异传言。据这个同学说，她有一次看见绵贯和光子在宝冢散步。后来在朝日会馆电影厅看电影的时候，她看见光子独自到屋顶花园散步，她也跟上去，从身后拍着光子的肩膀说："前些日子我看见你和绵贯在一起。"

"你也认识他？"

"我和他没有交往。但大家都嚷嚷说他是一个美男子。像你这么漂亮的人和他在一起倒是挺般配的。"她的话似乎别有用意，说完独自笑起来。

光子辩解似的说："其实我和他只是一般关系，那一次也是随便走一走。"

"你不用解释，他这个人啊，没人会对他产生怀疑。你不知道他的绰号吗？"

"不知道啊。"

"百分之百放心的'伴男'。"接着，嘿嘿窃笑起来。

可是，光子不明白"伴男"什么意思，刨根问底地追问之下，她才说就是"性无能者""中性人"的意思，而且还说此事有人为证。

二十一

光子的这个同学之所以知道得这么清楚，是因为她的一个熟人曾经和绵贯谈过恋爱。当时女方托人去绵贯家提亲，发现他家里人说话支支吾吾，搪塞敷衍，便让对方明确表态，表示“两人都具有结婚的意愿，态度是认真的，望请同意”，但得到的回答是“由于荣次郎事出有因，这一生不打算娶妻”。后来一调查，原来荣次郎小时候得过腮腺炎，进而引发睾丸炎。——我不懂得这是怎么回事，后来询问医生，医生说没听说腮腺炎引发睾丸炎的，其实嘛，很有可能是放荡生活引起的。——这样一来，那个姑娘对绵贯恨之入骨。

说起来绵贯也很可怜，但可怜归可怜，这么个生理有缺陷的人却到处追求女人，谈情说爱，给女人写那些肉麻的信笺，甜言蜜语哄骗姑娘说“你是我最理想的妻子”。和姑娘一起出去散步，总要带到黑暗的地方。现在回想起来，他这样的身体，和姑娘一起散步本身就能够心满意足，也就是戴着“恋爱”的假面玩弄女性。他的口头禅是“婚前发生关系是一种罪恶”，装出一副道貌岸然的样子，让姑娘以为他是一个高尚的正人君子，当然也使得那个姑娘后来气愤填膺。事情败露以后，虽然绵贯家里人希望姑娘“务请保密”，但姑娘窝心委屈，气不过终于把这件事告诉了别人。还有别的姑娘上当受骗，于是绵贯知道自己的一张俊脸可以迷倒一大片女性，于是随时随地都厚颜无耻地往女人堆里钻，不少人被他勾引。同时他标榜自己是柏拉图式的精神恋爱，不管多么热烈地恋爱，姑娘都能守身如玉，这样，大部分人都崇拜他的高尚人格。于是，他更加肆无忌惮地诱惑女性，把对方弄得神魂颠倒、不能自拔的地步，然后毫不留情地一脚踢开。“嗯，你也是这个情况？”“是啊，我也这样。”这样姑娘之间互相证实，对所有的姑娘都如出一辙，让对方的热情达到一定程度，然后突然销声匿迹，无影无踪，叫人琢磨不透。如果他真的信奉柏拉图式的纯粹精神恋爱，却又和人家接吻，实在是自相矛盾，所以就没有纯洁而言。被他欺骗得晕头转向的时候，谁都没有注意，一旦真相毕露，大家都把他的手法揭露出来，原来他的诡计是：只要有人提出和自己结婚，他就立刻藏形匿影，不知去向。尽管也有一些人对他的情况表示同情，但是他以为没有很多人知道他的秘密，于是一个接一个地欺骗少女，那些不知情的姑娘经常上当受骗，“又被那个伴男[①]抓住了……”“那个伴男啊，有什么可羡慕的……”知道真相的人都把他作为笑料谈资。

① 伴男，指按钟点计时陪同女性散步而收费的年轻男性，昭和初期流行于东京银座等地。也有“伴女”。

光子的同学说道："我前些天看见德光小姐和他在一起，心想大概你还不知道吧，于是想找个机会告诉你。你要是不相信的话，可以找某某人、某某人询问一下啊。"

"是吗？这个人真恶心！不过，我还没有跟他接吻过，这样的话，那很快就会暴露的。"光子故意装糊涂，然后匆匆忙忙溜回家里。

回到家里，她问阿梅："今天有一个朋友对我说了这件事，你说这是真的吗？"

阿梅反问道："要我说，如果是真的的话，小姐您应该最清楚啊？"

光子以前没有接触过异性，绵贯是她接触的第一个男人，当绵贯说"不能弄出个孩子来"的时候，光子并没有任何怀疑。可是现在听女中的同学这么一说，她不知如何是好，便来问阿梅。

阿梅大吃一惊，说道："我觉得小姐和那位先生十分般配，就像天造地设一般，会不会有人心怀妒忌，挑拨离间呢？要不要找人调查一下呢？"

于是委托私人侦探秘密调查，结果证实性缺陷确凿无疑，但不知是否由于腮腺炎引发，好像从小就是如此。

侦探是如何知道的呢？他了解到绵贯在与光子认识之前曾在南地冶游，于是由此入手，发现即便是资深艺伎，一旦被绵贯勾引，都对他痴迷贪恋。就算是绵贯长得英俊潇洒，也令人不可思议。于是有人说他吃了什么灵丹妙药，一时在圈内流传甚广，可是向那些女子打听，所有的人都守口如瓶，这样传闻越发扩散，也有了越多关于他用的各种方法的猜测。目前知道的情况是：绵贯与女子交往之初，隐瞒自己的这个毛病，后来有一个女子发现了他的秘密，而这个女子偏偏又是同性恋者，于是她将同性恋的方法教给绵贯这个男人，所以绵贯后来被人叫作“阴阳人”“二性子”。也就在这个时期，他突然停止了冶游，不再去妓馆。

——后来我看到那份侦探报告，调查得相当仔细，描述得相当翔实。

就在绵贯冶游期间，他自信陡增，认为“自己大可不必悲观”，便转而寻找良家女子，光子正是在这个时候掉进他的陷阱。——现在可以想象光子当时的心情……肯定是这种心情，自己被这种丑恶的男人恣意玩弄，对他恨之入骨，想死的心都有了，但此仇不报，不能白死，于是故意对绵贯说：“我们结婚好吗？只要你愿意，我可以说服父母亲同意。”没想到绵贯一再推诿搪塞：“我也愿意和你结婚，但目前不合适。”或者说“过一两年再说吧”。光子反唇相讥：“其实你过多少年都不能结婚吧？”绵贯立即沉下脸：“你为什么这么说？”光子说：“听到一些这样的传闻。不过……即便如此，我也不会抛弃你。要不我们一起殉情吧。”绵贯依然不肯承认：“那些传闻都是胡说八道。”最后光子把侦探的调查报告拿出来给他看，他才无话可说：“对不起，都是我不好，原谅我吧！我们一起死吧。”不过，口头上说去死，其实哪有那么容易死的。光子对他抱怨一通，心里却又觉得他可怜，殉情之事也就拖了下来，没有死成。

这么说来，光子心中还是始终忘不了绵贯，能在一起一天是一天。绵贯看穿了她的想法，他以前交往的女性，不论多么爱他，一旦知道他的身体缺陷，都会毫无犹豫地离他而去。所以他对光子也是讳莫如深，可是光子在得知自己的身体缺陷之后，依然表示爱自己。既然如此，自己就没有必要对她遮遮掩掩的了，这个缺陷固然不幸，但也没什么大不了的。如果因为这个失去了作为男人的资格，那么男人的真正价值又是什么呢？难道只是靠外貌来定夺吗？如果是这样的话，男人不男人也就无所谓了。深草①的元政上人②不是嫌男人的那个东西太碍事，想把它灸掉吗？男人中从事最了不起的精神活动的释迦牟尼、基督不都是近似中性人的吗？这样看来，自己也就是理想的男人了。再看看希腊的雕塑，所表现的都是半男不女的中性美，还有观音菩萨的容貌姿态也是如此。这样一想，人类中最崇高的无疑就是中性人。自己所担心的无非就是被女人抛弃，所以一味隐瞒，其实，如果恋爱只是为了生孩子，那是动物之爱，对于推崇精神之恋的人来说，根本不存在这个问题……

---

① 深草，地名。位于京都市伏见区北部。

② 元政上人（1623—1668），江户前期的日莲宗僧侣，汉诗诗人、书法家。

二十二

……哈，这个绵贯牵强附会、强词夺理地找出种种理由，大发议论，喋喋不休，没完没了。他说："光子小姐，你说我们一起去死，我会毫不犹豫地一同赴死。可是，我觉得自己没有死的理由。如果我死了，人们会说'哼，那家伙是因为自己残疾而悲观自尽'，我不愿意让人在背后这样说三道四。为这么点事就去死，我还不至于这么没出息。我要好好地活着，干出一番大事业，让他们看看我是一个远比凡人伟大的超人。既然光子小姐都有死的决心，那何不跟我结婚呢？正如我刚才所说，找我这样的人做丈夫没有什么可耻的，这是更加高尚的精神结合。——尽管会有几个不明事理的家伙造谣诽谤，我们也没有必要到处辟谣解释，即使有那么一两个人散布谣言，可是谁也没有确凿的证据。要是有人问起来，完全可以理直气壮地回答'他是一个正常的男人啊'。"

——回想起来，绵贯的话矛盾百出，既然"毫不悲观""要做伟大的超人"，那为什么还要遮掩隐藏呢？完全可以大模大样、大摇大摆谈恋爱吧？趁着现在没人捣乱，赶紧结婚，看来结婚是他的首要目的。为了达到这个目的，他觉得不得已也要欺骗人们，只要自己心里打定这个主意决不后退，应该不成问题的。然而，世人好欺骗，对双亲则无法轻易欺瞒。父母亲知道有人愿意嫁给自己的儿子，当然求之不得，这样，反对的只是光子的父母亲，把事情开诚布公地告诉他们，肯定会遭到他们的激烈反对。与其如此，还不如一瞒到底。只要光子同意，还是能瞒下去的。

"这件事，他们要是知道了怎么办？"

"到时候再说呗。那时候你堂堂正正、义正词严地表示自己非我不嫁，如果他们还不同意，那我们要不一起私奔要不一起殉情。"

绵贯还以为没有多少人知道他的秘密，甚至还给他取了外号，最多不过那几个妓女，所以可以瞒天过海。然而，要想瞒着光子父母亲骗婚可不是那么容易。绵贯的双亲，其实就是他的母亲和作为监护人的叔叔。绵贯的如意算盘是，让光子和他们见一面，告诉他们过不久光子家人会来提亲，由于各种原因，你们什么都不要多说，表示同意就行了。他母亲心里非常明白，他叔叔自然也不至于故意揭人伤疤，破坏这一桩来之不易的婚姻。不过，光子觉得，父母亲提亲之前，肯定会对绵贯的身世身体进行调查，不知道到时候会发生什么事。与其那时风波动荡，不如维持现状，私下交往。反正绵贯也没有非婚不可的理由，他心里明白这副身体不能逼着女方结婚。可是，光子不能一辈子不结婚，所以绵贯最担心的就是光子和别人结婚。他心口不一，心里一直想着像一个正常男人那样娶妻，有一个表面光鲜的家庭，也好自欺欺人，而且这个夫人还是光子这样漂亮的女人，让世间那帮家伙羡慕不已，自己的虚荣心也得到满足。因此，他迫不及待，焦急烦恼，开始对光子说一些讽刺挖苦的话："你是在敷衍我，一找到合适的人就把我蹬掉吧？"

光子说："不论父母亲说什么，自己都不会嫁给别人，现在也没人来提亲。等自己到了二十五岁，就可以按照自己的意思自由结婚，到时候应该有机会的，现在暂时先忍耐一下……"总算说服了绵贯。

光子说当时的心情"自己也说不清楚"，起初嘴上只是劝慰开导他，其实心里想着早晚要和他分手的。每次约会后都感到后悔，啊、啊，自己的容貌是女人中的佼佼者，甚至都让别的女人羡慕，却被那样的男人纠缠不放，实在太可悲了。心想现在就应该切断关系，可过了两三天，居然是自己主动约他，简直不可思议。尽管如此，其实自己对绵贯并没有什么爱恋的心情，精神上也没有任何共通之处，一看见他的脸就觉得恶心，完全是一个卑鄙下流的小人，打心眼儿里强烈鄙视他。两人虽然几乎每天都见面，但感情隔膜，总是吵架。吵架的原因总是绵贯的"你是不是把我的秘密告诉别人了？""你到底要让我等到什么时候？”之类愚蠢透顶的老一套疑心暗鬼的怨言。……光子回答说“这又不是什么好事，我干吗闲得无聊告诉不相干的人啊？但只有阿梅是不能不说的。”“为什么要告诉一个女佣？”于是两人大吵起来。

光子毫无惧色，寸步不让，毅然说道：“你是一个虚伪的家伙！嘴上说的和心里想的完全两码事，两面三刀，我们在一起真的是在谈恋爱吗？”

绵贯终于无言以对，却恼羞成怒，脸色大变，吼道：“我要杀了你！”

“要杀便杀吧！我现在就不想活了。”

说罢，光子闭上眼睛，一动不动，绵贯被光子的气势吓倒，一下子软下来：“都是我不好，原谅我吧！”

“我可不像你这么厚脸皮。这事要是传出去，我比你更没有面子。你以后别说这些找碴儿的话了。”

绵贯受到光子的一通痛斥，从此以后不敢抬头，但心地更加阴险恶毒，疑心越来越重。

然而，偏偏在这个时候，M 家到光子家提亲。——当时光子去技艺学校其实是为了有机会和绵贯见面。她与我之间同性恋的传闻，并不是别人发现传播的，而是光子本人到处散布宣扬、写匿名明信片一手造成的。她为什么要这么做呢？因为绵贯听到有人提亲的消息后，妒火中烧，跟疯了一样，威胁光子说要是答应了，决不罢休，要把过去与光子交往的一切事情统统写出来在报上发表，同时，他还把工作做到自己情敌的市议会议员的家里，对光子吹毛求疵，添油加醋，当然就是破坏这桩婚事。不过光子本人对M家的少爷不感兴趣，对他们的竞争失败也就无所谓，但最害怕的还是通过这件事把绵贯的秘密暴露出来，弄得尽人皆知。无奈之下，便故意传播同性恋的流言，以掩盖真相。也就是说，他们利用我，试图瞒天过海，掩人耳目。对光子而言，被人讥讽为与“伴男”“阴阳人”谈恋爱，相对而言，还是同性恋尚能忍受，这样也就不至于被人们指着脊梁骨冷嘲热讽。起初，光子只是听说我想以她为模特儿绘画，后来在路上遇见我的时候，她忽然想到这个主意。但是由于我对绘画非常认真执着热情，她对我的感情也逐渐从单纯的利用变成真实的爱情。我虽然并非纯真无邪，但比起绵贯来，的确具有纯真的精神，这样不知不觉间她成为感情的俘虏。——还有一个原因，被见不得阳光的阴暗动物绵贯作为玩物的感觉，与被同性人作为观音菩萨模特儿而崇拜的感觉，完全是天壤之别。——自从与我相好以后，光子重新恢复了优越性的本性，即自尊心，仿佛眼前的世界顿时豁然开朗起来。

于是光子对绵贯说，最近学校里盛传这样那样的风言风语，我们正好可以利用她这个工具，以后我离家和你约会就有借口了。然而，绵贯十分狡猾，表面上装作高兴的样子，“是嘛，那太好了”，实际上妒火中烧，到了忍无可忍的地步，一心一意要把我和光子拆开。对于上一次在笠屋町的衣服被盗事件，现在回想起来，光子觉得十分蹊跷。什么在别的房间赌博，什么警察来抓人取缔赌博，等等，完全都是一派胡言，肯定都是绵贯和旅馆的人串通一气，惊吓光子，趁着他们跑出去的时候，故意让旅馆的人把衣服藏起来。——因为那天白天，光子来我家之前，去三越购物，恰巧遇见绵贯，光子告诉他自己先去柿内姐姐那儿，让他先去笠屋町旅馆等着，她从柿内姐姐家出来就直接去找他。——绵贯知道我和光子各有一套一模一样的和服，于是心生一计，在他等光子的时候，事先收买旅馆里的人，先把光子的那件和服弄丢，然后让她给我打电话，让我把和服送过去，这样促使我厌恶光子。——只有绵贯才会想出这种恶毒的诡计，也只有他才有时间从容安排。再怎么说，参与赌博的人穿着别人的衣服被警察带走，这骗得也太离谱了。还有，后来警察也没有找绵贯和光子调查情况。可是，光子当时没有想到自己已经中了绵贯的诡计，吓得脑子一片混乱，不知如何是好。于是绵贯给她出主意：“事到如今，赶紧给柿内夫人打电话，让她把那一套和服送过来。”——这与绵贯对我说的话完全两样。——当时光子已经慌神，甚至都忘记了我这里还有一套一模一样的和服，听绵贯这么一说，她还说“我没有道理求姐姐帮忙啊”，绵贯逼迫道：“要是你不愿意，那就和我一起私奔吧，要不你就给她打电话。”对于光子来说，已经到了进退维谷、一筹莫展的紧要关头，要和这样恶心的男人私奔殉情，她一百个不愿意，无奈之下，也没想那么多，便不顾一切地抓起电话。其实，在那种情况下，她完全可以把我约到附近的咖啡馆，或者让绵贯先回去，不让我和他见面，办法有的是，但这正是绵贯的意图，使劲催促“快打，快打”。等到我赶到旅馆的时候，光子说“没脸见我”，绵贯就说“你先躲起来吧，由我和她谈”，摆出一副光子恋人的架势，花言巧语地想套出我和光子的真实关系。光子说：“哼，其实当时他不是很了解姐姐和我的关系。”

二十三

“嗯，他当时就是想套我的话。他调侃道：‘光子小姐对夫人可是真心真意哟。’一副愚弄人的口吻。”

“哼，他是故意这么说的，想让你对我生气。我在隔扇后面都听见了，心想这个人怎么这样胡说八道，真想立即出去辩解，可是那种情况下，我知道姐姐不会相信我的话……”

光子意识到自己中了绵贯的圈套，心里十分窝囊悔恨。而绵贯以为以后不再有人干扰他们，于是肆无忌惮地纠缠光子，还动不动说“你才撒谎呢，甜言蜜语地欺骗我”，他对我和光子一直怀恨在心，“你们俩绝不会分手的，保不定又会在什么地方偷偷约会”，这个人就是这样疑心太重，或者故意装聋作哑恶心人。

光子也反唇相讥：“你还算是个男人吗？过去的事情还挂在嘴边，有完没完啊？”

“这事尚不算已经过去，你一定把我的秘密告诉她了吧。”

这是绵贯最大的心病，要是被我知道了，他就根本无法对我报仇。

“胡思乱想也得有个谱，连你这个人我都瞒着姐姐，我哪有闲工夫把你的破事告诉她啊。再说了，你每次见到姐姐，从她的神态表情也可以看出来啊。”

“我总觉得她的样子有点怪怪的。”

绵贯想套别人的话，却又怀疑对方说的话。——这就不是单纯的妒忌了，正如他怀疑我和光子的关系一样，他同样猜测我也会怀疑他与光子的关系，心想我也是醋海生波，但听到光子告诉我“那个男人性无能”后，这才放下心来，否则我不可能这样默不作声。正因为心怀鬼胎，他那天非要我去笠屋町的旅馆不可，大概是向我暗示他根本就不是性无能者，而是经常和光子在这里幽会的。

如果绵贯老老实实地恳求光子和我分手，光子也没有理由拒绝他，但是这个人老是阴谋诡计，恬不知耻地怀疑别人，光子气不过，将计就计，她对被卑鄙的绵贯挑拨离间而损坏的与我的关系，依然十分留恋，无论如何想重修旧好，哪怕见一面看一眼也行，她知道如果来找我，我不会见她。再说见了面，她怎么说呢？但是，光子无论如何还是想和我重新和好，于是绞尽脑汁，苦思冥想，终于想起那本对光子没什么用处的书，说这书借给中川太太了。光子从中想到什么主意，于是冒用SK的名义给我来电话，接下来怎么策划行动，她大概花了几天时间仔细思考。她没有和别人商量，每一个步骤都是自己想出来的。只是需要一个男人打电话，于是和阿梅商量，找常来家里的洗衣店伙计。委托他打电话。

光子说道："当时为了和姐姐恢复关系，真的是挖空心思，竭尽全力。现在想起来，在你家里一阵折腾，跟疯了一样，我不是演员，但表演得还挺到位。"

说实在的，当时我的确蒙在鼓里。

光子说道："当时我想，姐姐要说我骗了她，我也认了，我只是想让她知道我当时的心情，这样的话，她一定觉得我可怜，也就不会怨恨我。"

但是，我们和好不久，绵贯就知道了。光子的本来目的只是搅乱绵贯的计谋，并没有打算向他隐瞒我们之间的关系，反倒是想看看他知道以后会有什么样的表现。

“你最近又和那个人和好了吧？我知道你在欺骗我。”

“哼，我一点儿也没有欺骗你。”光子沉着冷静地回答道，“我说不见面，反正你也不信。既然你什么都不信，那就索性和好。”

“为什么背着我？”

“没有背着你啊。我可不会胡猜乱想，没做就没做，做了就做了。”

“为什么一直没告诉我？”

“我觉得没必要告诉你啊。我做的事情干吗每一件都要告诉你呢？”

“这么重要的事情难道不应当告诉我吗？”

“是啊，我不是承认了吗？”

“光承认是不够的，要说清楚究竟是谁主动的。”

“是我去找她的，表示道歉，请她原谅。”

“为什么？干吗要去道歉？”

“你说干吗？那么晚把她叫去，又借衣服又借钱，难道不应该道歉吗？这种无情无义的事，你能做到，我可做不到。”

“借的衣服第二天不是给她寄回去了吗？对这种肮脏的女人有必要道歉吗？”

“哼，你当时对我姐是怎么说的？你不是对这个肮脏的女人低声下气磕头作揖苦苦哀求吗？什么‘我怎么样都没关系，现在只求您平平安安把光子小姐送回家。您的恩德永生不忘’，难道不是你说的吗？首先，借人东西，通过邮局寄还人家，要是被她收到，会给她造成多大的麻烦。不管人家是不是肮脏，你得到她的关照，难道不应该感谢吗？你就是一个忘恩负义的家伙。现在你既然提出这件事，我倒觉得那天晚上的事情其中有鬼……”

绵贯一听，心头一惊：“你这话什么意思？”

“这还用说吗？我从来没说过要和她分手，是你自以为我们分手了，这不是很可笑吗？你要是以为我们都中了你的圈套，那就大错特错了。”

“你到底想说什么？我没明白你说的究竟是什么意思。”

“那好，我问你：当时的那件衣服，警察为什么不还给我们？”

“你怎么又提这个问题？”绵贯好像被说到痛处，“你今天怎么啦？特别激动的样子。算了，这事以后慢慢再说。”

他嘿嘿地笑着，掩饰难为情的窘态。但是，这个男人心胸狭隘，总是耿耿于怀，过两三天又重提此事。但这一次采取低眉顺眼讨好巴结的态度。

“那一天，那位夫人气得不行，你是使用什么方法让她消气息怒的？也教教我。”

他还说“瞧你这么温文尔雅的样子，没想到手腕还挺高的”“这么厉害的手腕，连行家都甘拜下风啊”，又是吹捧又是讽刺。

光子不想和绵贯闹到势不两立的地步，便把那天自己用计谋重新和好的经过告诉了他。

“你什么时候学会这样设计骗人的？”

“还不是跟你学的呗。”

“瞎说！你也时常对我这样蒙骗的吧？”

“又开始胡乱猜疑了。干这种坏事还是第一次。”

“我真不明白你为什么要和那个人结为姐妹。”

“你前些天不是还对她说‘我无所谓，今后咱们三个人成为好朋友’吗？”

“我是怕她生气，惹出麻烦，才那么说的。”

“撒谎！你不是向姐姐套话吗？那天晚上的小手腕我都看得清清楚楚。”

“我从来不耍手腕。”

“你给我好好听着：弱者不可辱。躲在阴暗角落里耍阴谋诡计，谁都觉得你心理阴暗。”

“你说我耍阴谋诡计，有证据吗？这才是你胡思乱想。”

“就算是胡思乱想吧，但是，你既然那么说了，就要说到做到，就要和姐姐交朋友。也许你又会怀疑我，但是我不会把你讨厌姐姐的态度告诉她……”

说到这里，光子灵机一转，说到我这儿来谈这些事，一个原因是绵贯讨厌姐姐的态度不能一直瞒下去，让我相信他是一个正常的男人。光子说自己一直保护绵贯的名誉，如果绵贯稍微具有宽容的心态，以后三个人就很可能成为好朋友。

光子抓住绵贯的弱点，又是哄骗又是威胁，“既然我和你在这里见面，索性叫姐姐过来”，还告诉他对自己和姐姐的交往绝对不许插嘴，说三道四。否则，“你做好思想准备，我就是抛弃了你，也不会抛弃姐姐”。绵贯一听，只好忍气吞声地接受。

二十四

“……姐姐，不论是多么亲密无间的关系，暴露自家的丑事，我也感到羞耻，同时也担心姐姐嫌弃我，所以一直没敢告诉你。可是我今天和盘托出。这世上还有比我更不幸的人吗？”——光子说着说着，竟趴在我的膝盖上哭了起来，泪水涟涟，湿了我的裤子。看那极度伤心的样子，我不知道如何安慰她。

——从我认识光子以来，总觉得她开朗、好强，那一双顾盼生辉的明眸充满自尊的傲气，从来没见过她如此痛苦的样子。今天，这个高傲如女王、不可一世的女人竟然抛却所有的尊严，哭得像泪人一样，实在出乎我的意料。光子曾说自己十分倔强，心中有苦，绝不形诸颜色，默默忍受。如果没有姐姐，她会变得更加忧郁压抑。多亏有了姐姐，让她产生战胜黑暗命运的勇气，无论什么时候，只要一见到姐姐，一切苦恼都抛到脑后，心情舒畅。但今天不知道怎么回事，悲从中来，压抑不住，长时间抑制的泪水如决堤之水汹涌倾泻。

“啊，姐姐，你才是我唯一的依靠，听了我说的这些话，也请姐姐千万不要嫌弃我。”

“为什么我要嫌弃你？你把难以启齿的话都告诉了我，你能这样信任我，真叫我高兴。”

光子听了我这话，可能彻底没有了心理负担，不由得放声大哭起来，说自己的一生被绵贯摧残得一无是处，前途没有一丝一毫的光明和希望，一辈子只能无声无息地苟延残喘。自己就是死也不会和他结婚，请姐姐助自己一臂之力，与他一刀两断，并告诉自己有什么好办法。

“话说到这个份上，我也直说了吧，我已经和阿荣结为姐弟关系了，还签了一份这样的誓约书。”

我把前一天的事情如实告诉光子，她说大概也猜到了，说道：“绵贯这家伙总是怀疑别人知道他的隐私，这是他故意试探姐姐的，他的险恶用心是，要是自己被我抛弃，也就把姐姐拖下水……”

我一听，觉得光子说得有道理，怪不得我说“今天我是第一次听说光子怀孕了”的时候，他顿时眼珠通红，说“什么？您是第一次？”连嘴唇都变得苍白，刨根问底问道，“她为什么说自己不可能怀孕？还是说她的体质怀不上？”他那副错愕的样子让我觉得奇怪。我想起来，在谈话过程中，他三番五次地哀叹自己“生来就是这种不幸的命”，像舞台上演员念台词一样，抑扬顿挫。——当时他是为了博取别人的同情，故意装出这种唉声叹气的声音吗？不过，尽管这个人厚颜无耻，但也许他内心的确是在哀叹自己的“不幸人生”，这是对人难以诉说的苦闷心情的自然流露。绵贯还巧妙地向我试探：“姐姐，她为什么要隐瞒怀孕这件事呢？尤其对姐姐都撒谎，这怎么可以呢？姐姐您真的不知道啊。”“据说她父亲大发雷霆，说孩子生下来也送人。”这还不算，在签订誓约书的时候，他说：“这条件，姐姐可比我有利多了，您从中也可以看出我的诚意。”这份誓约书本来就不是我的主意，也不知道要写进什么样的条件内容。然而，绵贯使用这种手段，企图获取我对他的信任，他究竟居心何在？这个誓约，究竟在什么时候产生约束效力呢？一定是在“姐姐应尽力促成弟弟与德光光子的婚事”“如若一方被光子抛弃，另一方也必须采取共同行动”“任何一方，未经另一方同意，不得擅自与光子私奔、隐匿、情死等”的时候吧。——光子说:“最后一条最为关键，其他几条都是装模作样的附带条款。这种事其实没必要这么一本正经地采取如此正规的形式，但是这个人喜欢玩弄法律条文。”

最近光子对绵贯的态度逐渐不放在眼里，一副爱搭不理的样子，同时预感到绵贯很快就会做出反应，觉得他暗地里使坏。于是前些日子三个人一起去松竹座看电影。光子对他说：“你对姐姐总是怀着偏见，那就见她一面，看看她是一个什么样的人，从谈话中也可以感受到她是否知道你的秘密。”光子嘴上虽然对他这么说，其实也担心他背着自己胡说八道，不过没想到那一天绵贯倒变得扭扭捏捏，少言寡语。

“这么说，别看他表面上装作不知情的样子，也许那时就开始考虑和我联手的事了。”

“我也不知道，但是我一直担心，如果我对他置之不理的话，也许他会和姐姐你私奔。”

“他肯定是利用我这个工具，让你和他结婚。一旦达到这个目的，我对他也就失去了利用价值，把我一脚踢开。”

“他口口声声说结婚、结婚，其实纯粹是自欺欺人，他心里很明白，根本就结不了婚。他知道把我逼急了，我就死给他看。有姐姐和我在一起，就不用顾虑我会被别的男人抢走，我就想这种状态一直持续下去……”

……光子说今天她和绵贯还有约会，但听了我刚才说的话以后，不想和他见面。我劝她“还是要去，今天突然爽约，会引起他的怀疑，以后事情就容易闹僵。你就当我今天什么都没说，我会很快和他断交的。就是我死了，也要把你从水深火热中救出来，需要的话，就把他杀了”，我和光子泪眼相对，给她鼓励打气，然后分手。

哦……对了，您看一看誓约书的日期就会明白……是的，是这样的，签字的日期是七月十八日，我和光子谈话大概是第二天，即十九日。当时丈夫手头的案子基本已经处理完，对我说“找个地方避暑去吧。今年去轻井泽怎么样？”但是我走不开，我说“光子小姐每天都极其寂寞，说自己这种状态哪儿也去不了，真的很羡慕你。所以，要出去的话，等天气转凉以后一起去箱根吧”。丈夫有点不太满意，我也不加理会。之后的半个月，等丈夫一出门，我就急如星火地直奔笠屋町。

此后，在我看来，光子像变成另一个人一样，温和柔顺，以前如一个美丽的恶魔，如今突然变成老鹰捕捉的鸽子，令人生怜。每次见面，总是一副忧心忡忡的样子，从未见过去那样灿烂如花的笑容。我担心她一时冲动做出不理智的事来，对她提心吊胆。

我对她说：“光子，你在绵贯面前至少要显得高兴一点，不然他又会疑神疑鬼，不知道会说出什么话来。……我一定会惩罚他，让他没脸见人。你现在的心情不管多么难受，也要暂时忍一忍。”

我虽然嘴上对光子说要严惩绵贯，其实心中无数，要论阴谋诡计、构陷坑害，我根本就不是绵贯的对手，所以想不出什么好主意。既然话已出口，要是绵贯在胡同口等我，我该怎么找理由逃脱呢？这么做就等于不遵守誓约书的条款，虽然不会因此受到良心谴责，不过也有一点对不起绵贯的感觉。我每次走到胡同口，总是心惊肉跳，害怕听到绵贯在身后喊“姐姐”的声音。不过，从那以后，绵贯就没有在胡同口等过我，大概他觉得既然已经交换过誓约书了，什么姐弟不姐弟的无所谓，这倒是我求之不得的。

这些日子，光子每天都在恳求我：“姐姐，你替我想想办法吧，我一天都受不了了。”

我最后一招是诱骗绵贯一起私奔，事先探听出私奔的目的地。等到报上登出这条新闻，闹得满城风雨时，让别人来抓我们。这样一来，绵贯再厚脸皮，也不敢接近光子，但我就要付出损伤名誉的代价。

光子说：“他似乎已经隐约嗅出我们正在商量对策，所以要动手就快动手。”

“如果他真的嗅出来，无非就是拿那份誓约书来说事。这是最后手段，不到万不得已不能轻易采取。”

——当时，我真的走投无路，搜索枯肠，就是想不出什么好办法，都想登门向先生求教，可这是构陷害人之事，怎么好意思告诉先生呢？我问过阿梅，她也没有好主意。我在束手无策、一筹莫展的情况下，甚至想索性求助于丈夫，在一定程度上把事情告诉他，半真半假，问问看法律上有什么手段可以避免绵贯对光子的迫害，说不定丈夫会对光子产生同情怜悯之心。

然而，有一天，丈夫突然来到笠屋町的旅馆，事先也没打招呼。四点半左右，大概是下班以后顺便过来的。我正在二楼和光子聊天，只见女服务员慌慌张张跑上来，说："夫人的先生来了，想见二位，怎么办？"我大惊失色："他怎么上这儿来了？"和光子面面相觑，说"他是来找我的。光子先回避一下"，然后走下楼去。

二十五

"哎呀，这地方可真难找。"

丈夫站在格子门外，他说今天有人回四日市，送到凑町站，后来溜溜达达走到心斋桥，忽然想起光子小姐好像就住在这附近，你也一定在她那儿，就想来看看。没什么事，只是觉得你经常来打扰人家，我既然到附近来了，不来问候一声不合适，而且也想知道光子小姐最近情况怎么样，来看望一下。如果今天晚上方便的话，想和她一起吃顿便饭，不知道能不能出来。

丈夫虽然表面上看不出有什么异常，但我觉得事情并非这么简单，便说道：“已经很明显了，她说谁也不见，更不用说出去吃饭了。”

“哦，那我见一面就走。”

我觉得不便拒绝，说道：“那我上去问问她。”

我上楼把情况告诉她，问她“你说怎么办？”

“是啊，真是的……姐姐，怎么办呢？”

“我对他说你已经很明显了，谁也不见。他说见一面就走。”

“他不会别有用心吧？”

“是啊，有也当作没有。”

“既然这样，我索性就见他一面。……刚才我和阿春商量了一下，她说把腰带里的衬垫系在肚子上，穿上宽松的外衣。我看也只能这样了，这回真的往肚子里塞棉花了。”

接着，光子向这个名叫阿春的女服务员借衬垫，又吩咐她下楼把客人让到楼下的房间里稍候。

这期间，我帮着光子垫肚子，阿春上来说：“客人说在门口见一两分钟就行，不肯进来。”

既然如此，那就快点，我和阿春手忙脚乱地垫肚子，要是冬天，比较容易蒙混过关，现在只好在贴身衬衣上罩一件明石绉绸的和服单衣，怎么看都不像孕妇的样子。

“姐姐，你告诉他已经几个月了？”

“忘了，没说。我只是说很明显了，那至少也得有六七个月了吧？”

“现在这样子像六个月的吗？”

“恐怕还不够圆不够鼓。”

三人哧哧笑起来。

我对阿春说：“你再去拿点毛巾来。……然后，你再下去对客人说，光子小姐不愿意见人，也不想走到门口，还是让他进屋，把他带进光线阴暗的房间里。”

就这样，让丈夫足足等了半个小时，光子才像身怀六甲的孕妇一样慢悠悠下楼来。

“虽然你说便装不要紧，但是光子小姐还是觉得穿浴衣不太礼貌，所以换上了和服……”我一边说一边观察丈夫的表情。

丈夫把公文包放在身边，双腿闭拢，端端正正地坐着。

“打扰了。好久没有见面，一直想看望一下您，今天恰好路过这里。”

可能是我的心理作用，总觉得丈夫盯着光子的肚子。

“哪里，倒是我任性地尽给姐姐添麻烦。”——接着，她滔滔不绝、绘声绘色地说起姐姐不去轻井泽避暑特地留下来陪伴自己，实在过意不去；由于姐姐的陪伴，自己的寂寞心情得到极大的安慰，非常感激姐姐之类的话题。光子手里拿着团扇遮挡自己的腹部，机灵的阿春找的这间房间相当阴暗，白天不开灯都显得黑乎乎的，光子又坐在最里面的角落里，通风不好，肚子上又垫着东西，立即汗水津津，开始气喘吁吁，就像真正的孕妇那样，我心想她还真会演戏。

丈夫很快就起身："今天打扰了。光子小姐能出门的时候，请到寒舍来玩。"接着对我说道，"今天已经很晚了，你和我一起回去吧。"

我悄悄对光子说"看来他有话要对我说，我就先走了，明天你等我来"，我很不情愿地跟着他走出旅馆。

"坐公交走吧。"我们坐公交到四桥站，然后换成阪神电车回家，一路上，丈夫一声不吭，满脸不高兴的样子，对我的话也是爱搭不理。一进家门，连西服都不脱，说一句"上二楼来"，自己先噔噔上去，我也暗下决心跟上去。丈夫砰的一声关上门，指着一张椅子说"你坐下"，他坐在我对面，叹一口气，沉默片刻，像是在考虑问题。

为了打破这沉闷窒息的气氛，我开口问道："你今天怎么突然找我去啊？"

"嗯……"他继续沉思片刻，说道，"有一样东西想让你看看。"然后从口袋里拿出一个办公信封，把里面的纸张拿出来，摊开在桌子上。我一看，顿时脸色煞白，不由得倒抽一口冷气，这东西怎么落在他手里？

“这上面是你的签名吗？”丈夫把誓约书推到我面前。

“我先把话说明白，这件事是否闹大，取决于你的态度。你想知道这东西怎么到我手里，我可以告诉你，但是，你必须先说清楚这上面的签字是不是你的。”

……啊，绵贯抢先一步了！我保管的那一份誓约书锁在五斗柜的抽屉里，这一份肯定是绵贯的。绵贯和我签订誓约书原来是这个目的！其实我本来打算把事情的真相、也把光子的事情原原本本地告诉丈夫，认为这样对自己有利，但没想到今天他突然到旅馆来，突然袭击，这样假怀孕之事反而不好说，那就变得一再撒谎。早知如此，当时告诉丈夫就好了。

丈夫尽量压住心中的怒火，心平气和地问道：“喂，怎么不吱声啊？说话呀！……你不说话，就是默认是你的亲笔签字了吧？”

接着，丈夫说起这件事的经过：五六天前，绵贯突然来到他在今桥的事务所，要求见面，不知道他有什么事，就和他在会客室里见了面。他说：“今天前来拜访，是有一事相求。想必您也有所耳闻，我和德光光子不仅有婚约，而且她已经怀上我的孩子，但是夫人横插一杠，从中作梗，阻挠我们的婚姻。光子小姐受她蛊惑，最近对我越发冷淡，这样下去，我们的婚期变得遥遥无期。所以请您劝劝夫人不要故意为难我们了。”

“我妻子怎么阻挠你们了？详细情况我虽然不太了解，但听她说很同情你们的恋爱，希望你们尽快结婚的啊。”

“您真的不知道夫人和光子是一种什么关系吗？”

他在暗示你们依然保持以前的那种关系。然而丈夫对这个初次见面的男人的话不会轻易相信，如果光子已经怀上他的孩子，怎么还能和同性保持那种关系？也许是这个男人的心病？

绵贯说：“您不相信我的话，可以理解。但我这里有确凿的证据。”说着，把誓约书拿出来交给丈夫。

丈夫看过以后，对妻子至今还在欺骗自己深感不快，但他更加痛恨的是，妻子竟然背地里和这个素不相识的男人结为姐弟。还有，这个和别人的老婆交换金兰契约的男人竟然恬不知耻地把誓约书交给女人的老公，连一句解释的话都没有，就像刑警缴获犯罪证据一样扬扬得意地冷笑。面对这种不可理喻的男人，丈夫更觉得恶心气恼。

绵贯说道：“您看看这个签名，是夫人的亲笔字，这个没问题吧？”

“嗯，看样子似乎是我妻子写的。不过，我想问一下，这个签名的男人是谁呢？”

“就是我。我就是绵贯。”

绵贯一副满不在乎的表情，似乎没有听出丈夫讽刺的语气。

“这个签名下面的印记是什么？”

绵贯竟然没羞没臊地把当时的过程详详细细地告诉丈夫，没等他说完，丈夫立即火冒三丈，说道："这份誓约书详细规定了你和光子小姐、园子之间的关系，但我作为园子的丈夫，却一个字都没提，你目中无人，眼中无我。你既然也在上面签了字，你自然要担负责任，我想听取一下你的解释。另外，从你刚才介绍的情况来看，这份誓约书并非出自园子的自愿，而是在你半强迫的状态下被迫签订的。"

丈夫本以为这一番话会让绵贯心有愧疚，没想到他依然嘻嘻笑着道："您再看看内容，我与园子太太是通过德光光子认识的，这个利害关系从一开始就和园子太太的丈夫——您——发生冲突。如果园子太太眼中有您，也就不会和光子发生那样的关系，也就不会有这份誓约书，这是我求之不得的。作为人妻，其所作所为，非我这个外人所能左右。对于我来说，承认誓约书上所写的那种关系，就已经对园子太太做出极大的让步了。"

绵贯话里话外似乎是在责备丈夫对妻子有失管教，他还说姐弟之约并非私通，自己没有做任何不道德的事情。

二十六

尽管丈夫非常厌恶这份誓约书，手碰一下都嫌脏，但想到对方是一个无耻小人，拿着它不知道还会干出什么坏事，于是想把它拿过来。

“你的话我听明白了。如果你的话是真的，用不着你催促，我作为丈夫，当然不会放弃自己的责任。但是，我今天和你是第一次见面，还要过去和妻子核实一下，以免偏听偏信。如果把这份誓约书暂时由我保管，我可以作为证据，让妻子承认。不然的话，没有证据，她这个人性格很倔强。”

绵贯没有表态，突然把誓约书小心地放在膝盖上，问道：“如果园子太太不承认的话，您打算采取什么措施？”

“采取什么措施，这要看当时的情况，现在不好说。要知道，我不是因为你来求我，才回去盘问妻子。我做事不是为了你，而是为了我自己的名声和自己家庭的幸福。这一点请你明白。”

绵贯面带不悦，说道：“我并没有让您为我做事，只不过这件事，你我的利益关系偶然一致，所以才来找您。您承认吧？”

“我没工夫想这些，也不愿意想。对不起，我不想和你串通一气卷进去。我只是按照自己的自由意志对待妻子。”

“哦，是吗？这就不好说什么了。按说我们非亲非故，从情理上说，没必要特地跑来求您。但我担心的是，如果园子太太和光子私奔的话，不仅我深受其害；我要是不告诉您，也觉得对不起您。”他目不转睛地盯着丈夫，“那样的话，不管您愿意不愿意，都会卷进事件的旋涡里。”

“谢谢你的好意。”

“光谢有什么用啊。您大概认为园子太太和光子不会干出私奔这样的蠢事吧？可要是万一发生了，您怎么办？即使跑了，您也随她而去、放任不管吗？还是跑到天涯海角也要追回来吗？请您明确告诉我。”

“我采取什么行动，只能根据当时的情况来判断。我更不会对别人作出保证，而且非常讨厌受到别人的掣肘。何况夫妻之间的事情本来就是由夫妻来解决。”

“这么说，不管发生什么事，您都不会和园子太太离婚吗？”

丈夫觉得这个绵贯就是一个死皮赖脸的无耻之徒，纠缠不休，没好气地说道：“我和妻子离不离婚，关你什么事？用不着你操心。”

“哦，不……您还是得到园子太太娘家的恩情了吧？为这么点事把妻子赶出门不合适吧？”这些话大概都是听妻子说的，连我们家里的私密都知道，“您也是一个优秀的绅士，大概不会容忍这种违背道德之事吧？”

丈夫最后实在忍无可忍：“你今天来这里究竟想干什么？没完没了地胡说这些与我无关的事，你究竟居心何在？我当然会遵守绅士之道，用不着你多嘴多舌！你记住了：是否与你的利益一致，我可不敢保证。”

“哼，是吗？既然如此，这份誓约书就无法让您保管。”说罢，他把放在膝盖上的誓约书小心地装进信封里，放进内口袋里。

丈夫虽然很想得到这份誓约书，看到这个局面，也无能为力，但不能示弱，便说道：“好吧，我也不会死乞白赖地要借誓约书，你随便吧。但我要提醒一句：既然你拒绝我把这份誓约书作为证据向妻子出示，如果妻子不承认的话，也许我对这份誓约书的真实性表示怀疑。我自然相信妻子的话，而不会相信一个陌生人的话。”

绵贯嘟囔道“都是丈夫惯纵妻子惹出的祸”，然后用一种令人厌恶的口吻说道：“园子太太那里还有一份，找一找准能找到。实在找不到的话，看看她的胳膊，大概证据还在。”——最后像煞有介事地客气说道，“百忙之中，打扰了。”

丈夫送他到走廊上，心想此人简直就是一个无赖，回到会客室，松下一口气，不到五分钟的时间，听见有人敲门的声音，原来还是这个绵贯。这次他忽然态度大变，满脸堆笑：“啊，刚才失礼了，再让我打扰您一小会儿。”

就这五分钟的时间，他像换了一个人一样，一副谄媚的表情走进来。丈夫还觉得恶心，心里有点吃惊，一声不吭地看着他。他也不客气，走到桌子前面，略施一礼，也不等丈夫说“坐”，自己一屁股就坐在刚才的那张椅子上：“刚才都是我不好。我现在处在能不能得到心上人的最关键的时期，所以脑子里尽想着自己的事，疏忽了对您的感情的尊重。其实我没有任何恶意，请您多多海涵。”

“你回来就是为了说这些话吗？”

“啊，是的。出门一想，是自己不对，回来向您表示道歉。”

“你客气了。”

“啊……”他依然赖在椅子上，皮笑肉不笑地说道，“其实，我又是求您又是给您道歉，就是因为我处境艰难，进退维谷，又一筹莫展。请您务必理解我的这种悲哀、无奈、欲哭无泪、黯然销魂的心情。只要您能理解的话，我可以把誓约书交给您。”

“怎么理解？”

“坦率地说，我最害怕的是你们夫妇离婚，要是那样的话，园子太太就会自暴自弃，更加肆无忌惮地破坏我和光子的婚姻，那我就毫无指望了。我知道您不会轻易走到这一步，不过最担心的还是园子太太和光子一起出走。我啰啰唆唆地唠叨好几遍了，如果不严加看管的话，她们很快就会私奔的。只要发生一次，即使您在心中想原谅她，可是在世人面前做不到。一想到这一点，我就觉得危险迫在眉睫，夜不能寐，提心吊胆。”

接着，绵贯深深低头，额头几乎抵在桌面上：“求您了。……

我这样再三再四地恳求，也许您觉得我是一个自私自利的家伙，只顾自己，但请您体察我身不由己的困境。以后，请您承担不让园子太太出走的监督责任，当然，总不能把她捆绑起来，所以不能保证万无一失，但请您保证，一旦发生这种情况，您要负责任地把她带回家。如果您答应这一点，我就把誓约书交给您保管。”

片刻以后，他又说：“其实根本用不着我这样恳求，因为我知道您非常爱夫人，也绝对不会和她离婚。但是我只是想听您亲自对我说这句话。如果您对我的处境表示同情的话，能否把您心中的决断告诉我呢？”

丈夫越听越觉得此人就是令人作呕的泼皮，本来就是一桩可以坦诚相告、不会伤人感情的事，他却故意拐弯抹角、磨磨叽叽、态度翻来覆去、变化无常，这么个变态的男人，怪不得没有女人喜欢他，怪不得光子小姐那么讨厌他，这是一个性格天生缺陷的人。这么一想，倒有点觉得可怜。

“你能保证不把誓约书公之于众吗？在我认为必要的时间内，同意让我保管吗？如果你同意，我也可以接受你的条件。”

“誓约书上写得很清楚，非到万不得已时，必须经过与另一方的协商同意，才可以对第三者公开。但是园子太太显然做出了背信行为。我要是抓住这一点报复的话，什么事都干得出来。但是，我不是那种卑鄙的小人，我特地把誓约书拿过来亲手交给您，我想您应该明白的。誓约书这个东西，如果对方缺少诚意的话，那无异于一张废纸，所以如果您觉得有用，那就拿去吧。对我而言，只要您保证履行我的那两点条件，我就心满意足了。”

丈夫心想兜什么圈子，早说不就得了：“那好，我就收下了。”

正要伸手去拿，绵贯说道：“且慢……不好意思，为免得以后发生麻烦，请您写一张收条。”

丈夫表示同意，写了一张“今收到誓约书一份”的收条，绵贯说：“请在下面添加几条。”

“添加什么？”

“本人保证在保管誓约书期间遵守下列条件：一、本人责任监督妻子不得出现有悖为妻之德之行为。二、本人保证在任何情况下都不与妻子离婚。三、当誓约书所有者需要时，本人有义务随时出示或归还该誓约书。四、本人在保管期间，如誓约书遗失，必须做出让所有者满意的保证，否则不得解除第一条及第二条规定的义务。”

绵贯的上述条件不是一揽子提出来的，而是写完一条再补充一条，“啊，再写一条”，最后变成这个样子。简直荒唐透顶，丈夫觉得自己就像一个“三百代言”[①]一样，本是闹着玩

---

① 三百代言，明治初期，指无营业执照的讼师。

似的他说什么就写什么，随后说道：“我补充一条但书——如本誓约书基于虚构之事实，则一切约束均无效。——这么写不要紧吧？”

绵贯大吃一惊，流露出张皇失措的样子，丈夫不管他，唰唰写上几笔，交给他。绵贯突然显出有点后悔的样子，但没有办法，还是留下誓约书，走了。

丈夫一口气把事情的经过告诉我，说道：“这份誓约书和你的是否一样？如果一样的话，拿出来看看。”

丈夫一直等着我回答，我默默站起来，用钥匙打开抽屉，把放在里面的那一份拿出来，依然默不作声地放在桌子上。

二十七

“嗯，看来这一份不是假的了。”

我依然默默点点头。丈夫猜不透我的心思，眨巴着怀疑的眼睛看着我：“这么说，誓约书上的条文内容都是真实的了？”

“有真有假。”

——我在听丈夫说话的时候，就暗下决心，事到如今，完全没有必要对丈夫隐瞒什么了，索性把绵贯的反间计彻底暴露出来，不管对自己是否有好处，竹筒倒豆子，毫无保留地告诉丈夫，至于会出现什么结果，那就听天由命吧，说不定并没有我所想象的那么糟，或许还有好事呢。

于是，我首先揭露绵贯的诡计，接着，把光子的假怀孕、刚才丈夫看见的光子其实肚子上垫了很多东西、笠屋町的旅馆并非光子父亲的小妾的家、誓约书是中了绵贯的圈套被迫签字、从自己被骗到自己欺骗丈夫等，足足讲了两个小时，把一切和盘托出。丈夫一直嗯、嗯地听着，不时叹一口气，最后问道："你刚才所说的都是真话吗？绵贯这个人真是那么坏吗？"接着说道，"其实我也对他进行了调查。"

丈夫和绵贯见面是在四五天前，但一直装作若无其事的样子，因为他觉得绵贯形迹可疑，恐怕还有更深层次的问题，于是在和我对质之前，先委托私家侦探进行秘密调查。大阪是一座商业都市，私家侦探不多，最后委托给上一次光子请的那个人。一说明来意，侦探当即就说："这个人我大体了解，以前调查过。"在丈夫与绵贯见面的当天傍晚，就得到侦探的调查报告。

丈夫看了调查报告以后，大感意外，怀疑会不会是同名同姓的另一个人，但侦探说查清楚此人与光子小姐的关系，绝对不会错。……这样一来，光子的怀孕、笠屋町的家、我与光子的关系等，就像谜团一样迷雾重重，于是又让侦探调查光子。丈夫今天早上看到侦探的调查报告，还是有点半信半疑，就决定突然袭击，亲自去笠屋町看个究竟。

我故作轻松地问道：“当时你看出她的肚子是垫的东西吗？”

丈夫没有回答，而是说道：“我认为你今天的态度比以前诚实坦然，但是这诚实的态度是否意味着对过去罪恶的悔恨，你要有一个明确的表态。……你知道吗？你过去的所作所为已经大大地偏离了正轨。我虽然不想算旧账，清算以前那些不愉快的事情，但是我想问你：你今后是否有改邪归正的决心？你当然没有必要履行和绵贯的那些约定，我也已经对他保证不会和你离婚。现在回头去看，我的确没有尽到自己的责任。绵贯说我作为丈夫，怠于监督，不是没有道理。如果光子小姐的家里人前来问责，我首先就要低头道歉。发生这种事，我觉得是夫妻双方的责任。要是上了报纸，我怎么向你父母亲交代啊。要是一般意义上的男女恋爱或者三角恋爱，也许还有人同情。但如果是誓约书上所写的那种恋爱，谁都觉得是疯子的行为。也许出于我的偏袒，听了你的话，总觉得绵贯那小人是一切坏事的祸根，真正坏的就他一个人。你，还有光子小姐，一旦和他扯上关系，就变成这个样子。要是德光光子小姐家里人知道了，会怎么想呢？我以前一直认为光子小姐是一个不良少女，给你造成极坏的影响，但是她的父母亲对绵贯肯定恨入骨髓，大卸八块还不解恨。这么个如花似玉的女儿被这个无赖纠缠上，比起我来，他们的不幸更是苦不堪言……”

丈夫知道我性格倔强，不能硬碰硬对着干，要晓之以理动之以情，尽管我看出这是丈夫攻心的一种手段，但他提到我的父母亲，尤其谈到光子时，充满同情之心，不禁让我百感交集，悲从中来，满含热泪。

“是这样的吧？”丈夫注视着满脸泪水的我，“哭有什么用？你好好想一想，这是最后一次，思考一下今后怎么办，把你真实的想法告诉我。如果你非要离家出走，我也没办法。可是，说心里话，我痛恨的就是那个男人，你和光子小姐被他害得吃尽了苦头。假如我们不得不分离，你还是照现在这个样子，留给我的就只是‘可悲’的心情，让我深深痛苦。何况你和光子小姐又不能结婚。即便脱离了我的监管，但世间永远也不会允许你们这样做的，许许多多的人为你忧心如焚，你自己也感觉蒙受耻辱，最后也只能被迫终止。趁着还没到这种地步，最好自己幡然悔悟，迷途知返，何去何从就看你的决心了。”

“可是我……这就是因果报应吧……我以死向你谢罪。”

丈夫吓得几乎跳起来，我哇的一声趴在桌子上放声大哭……“反正这个样子……谁都瞧不起我，我也没脸活在世上……死了算了。对我这个腐烂堕落的人有什么可留恋的呢？”

“……谁说要抛弃你了？要是那样的话，还和你谈什么？”

“你能这么说，当然很感激。可是，我现在倒是自在了，可谁来分担光子的痛苦呢？……你不是觉得光子最可怜吗？”

“所以我才苦口婆心地拯救你们。……你好好听着，你们的想法都是错的。按照你的意思，只要奉献上自己的爱情就能救她脱离苦海。我不仅为你操心，也要到德光光子小姐那儿去，晓以利害，严厉监督她绝对不要和那个男人来往，我认为这是我的义务。我这样做不是为她着想吗？”

“如果你这样做，光子会死在我前面……”

“为什么啊？她干吗要去死啊？”

“反正都要死的……她早就说想死，我好不容易劝她打消这个念头……这样的话，我就和她一起死吧。以死谢天下。”

“胡说些什么！这会给你父母亲造成多大的伤害，谈何谢罪！”

二十八

丈夫的话我根本就听不进去，“不，我要死，让我去死吧”，趴在桌子上像撒娇的小孩子那样哭鼻子。我知道，在这种情况下，“死”是最有效的手段，别无他法。……我一心想的是怎么和以前那样自由自在地和光子约会，说心里话，我其实最怕的是丈夫抛弃我。现在他既然什么都知道了，下一步就是让他认可我和光子的关系，如果他同意的话，我会珍惜我们夫妇的姻缘，一定会让家庭幸福美满。不管绵贯那家伙怎么破坏，誓约书在我们手里，无证无据，没人相信他的满嘴胡言。即使光子出嫁成为人妻，但和我这样有身份地位的家庭太太交朋友，谁也说不出话来。这样一来，不仅和过去没有变化，甚至更加亲密。这个结果远比大吵大闹不知道好上多少倍。丈夫深知我性格莽撞，做事不考虑后果，其实他比我更担心夫妇分手，因此采取多一事不如少一事的方针。我明确表态“如果对我管束过严，我就离家出走”，这么一恐吓，然后提出我的条件。……我横下一条心，哪怕花两天三天的时间，也要让他对我百依百顺。当然，我不能挑衅，不能让他对我产生反感，因此，不管他怎么劝说，我就是泪流满面，装作一副可怜相，默不作声。我心坚如铁，冷静沉着，十分淡定，这让丈夫更加慌神，提心吊胆。当天晚上几乎一夜没合眼，守在我身边，连我上厕所都要跟着。第二天，他也不上班，还把饭端到二楼来，目不转睛盯着我，察言观色，说道：“你这样下去，身体可吃不消。好好睡一觉，清醒一下头脑，认真重新思考以后的事情。”他又说，“你必须明确保证绝不会寻死、出走。”

我依然一声不响，显出极不情愿的样子，心里却在盘算，到了这一步，火候应该差不多了。可是，第三天早上，丈夫有急事无论如何必须去事务所一两个小时，临出门之前，他要我发誓绝对不能外出，也不能打电话，否则，就带我一起去大阪的事务所。

我说："我还担心你一个人出去呢，我跟你去。"

"你担心什么？"

"怕你悄悄跑到光子那里嚼舌头，搬弄是非，那样就别让我活了。"

"没得到你的同意，我绝对不会搞突然袭击的。我发誓不去，你也能发誓吗？"

我回应道："只要你明人不做暗事，我也会老老实实待在家里。你放心去上班吧，我也想好好休息一会儿。"

丈夫九点左右出门，我躺在床上，觉得十分兴奋，毫无睡意。丈夫到大阪的事务所后，马上就打来电话，然后是每隔半个小时就来一次电话，弄得我心烦意躁，在房间里走来走去，脑子又开始琢磨鬼花样。忽然想到，这几天一直和丈夫较劲儿，绵贯会不会又在玩弄什么阴谋诡计呢？前天和光子分手以后，现在怎么样了？昨天肯定等了我一天。我光是嘴上寻死觅活地吓唬丈夫，看来没有什么效果。应该尽快见效，采取行动，但也不要把事情闹得太大，就和光子私奔到奈良或者京都这样不太远的地方。然后让阿梅装作惊慌失措的样子跑去通知丈夫，说"您府上的太太和我家的小姐不知道跑哪里去了。要是家里人知道，可不得了，请您赶紧把她找回来吧"，在我们即将自尽的关键时刻，丈夫赶到，把我们带回来了……要实施这个计划，今天正是机会。……想到这里，由于不能出去，只好给光子打电话：“喂，马上到我家里来！有要事商量。”我吩咐女佣们“不许告诉老爷说光子小姐来了”，然后静静等待。大约二十分钟后，光子来了。

丈夫来电话，说明他人在大阪，这倒让我放心了。不过，为防备他突然袭击回家来，我还是叫女佣把光子的阳伞和草履放在院子里，以便紧急时可以及时逃跑。我和她在楼下的客厅见面，她脸色苍白，忧心忡忡的神色，就昨天一天没见，怎么憔悴消瘦成这副模样。她听我把昨天的事告诉她，早已泪水汪汪。

“这么说，姐姐也遭罪了。”

她本人从前天傍晚开始到昨天一直遭受绵贯的欺侮凌辱，他对光子说：“你和你姐姐狼狈为奸，勾结欺骗我，所以我也以牙还牙，去今桥的事务所把姐姐的事情告诉了柿内先生。他今天就是特地来笠屋町探听虚实的，而且把姐姐带回家去，她不会再来了……”

二十九

绵贯还说：“我和姐姐签订了誓约书，你大概多少也知道一点吧？不过，那已经是一张废纸了，誓约书作为证据，交给柿内先生保管。这是他写的收据，绵贯从怀里掏出收据："你看，这上面写得明明白白：本人责任监督妻子不得出现有悖为妻之德之行为……"绵贯逐条念下来，但用手挡住对自己不利的但书条款："既然柿内先生亲手写下这样的条款，我对姐姐就不必担心了。你也给我写保证书。"

绵贯又从怀里掏出一份事先写好的保证书，念给光子听，无非就是光子和绵贯永结同心，誓死服从绵贯，倘若违约将会如何如何受惩罚之类的内容，当然这都是绵贯的如意算盘。

"如果你同意的话，就在这里签字。"

"我不愿意。"光子明确拒绝，"没有人像你这样喜欢搞什么文书保证，你就是想拿着这个威胁我吧？"

"只要你不变心，签个字怕什么啊？"绵贯试图强迫光子拿笔签字。

"这又不是借贷字据，你是想利用文书把我的心捆绑起来吧。另外还有什么目的？"

"你不想签字，只能说明你会变心吧？"

"哼，签了字又怎么样？以后的事谁也不知道。"

"你这样和我对着干，你没有好结果。你说我利用字据威胁你，其实我手里的材料多的是。"

绵贯从纸口袋里取出一张小照片给光子看，竟然是已经交给丈夫保管的那份誓约书的照片。在他去今桥事务所见丈夫之前，就事先拍下照片。他说："我估计柿内先生不会把誓约书还给我，所以事先留了一手。要是把这张照片和他的收据透露给新闻记者，肯定都抢着要。把我逼急了，我什么事都干得出来。"他还说，"你必须什么都听我的，否则，你的前途就是一片黑暗。"

"照镜子瞅瞅吧，你不觉得自己多么卑鄙无耻吗？我也想开了，你既然有这么多材料，用不着这样刁难我，你愿意卖给哪家报社，随便吧。"

两人大吵一通，不欢而散。光子没去笠屋町，以显示自己不屈服的态度，看看绵贯还会耍什么花招。所以一接到我的电话，就飞也似的跑来了。

绵贯说把他逼急了，什么事都干得出来，如果现在他想孤注一掷的话，事情对我们很不利，这时候必须把丈夫拉进来，共同对付绵贯。我说了一下出走的设想，光子说"要是逃到不太远的地方，不如到我家在滨寺的别墅去"，那里今年只有一对夫妻看管。光子说带上阿梅去海边住四五天，家里人不会担心。然后我偷偷从家里溜出去，在难波站和光子她们会合，三个人一起去滨寺。

我们到达滨寺的时候，丈夫发现我不在家，不管怎么说，一定首先往光子家打电话，打听到滨寺的别墅后，就给这边打来电话。到时候让阿梅接电话，焦急万分地说："刚才您的太太和我家小姐吃了什么药，现在昏睡不醒，还留下了遗书。一定是自杀。我正打算给家里和您家里打电话呢，请您马上过来！"

丈夫肯定急如星火地直奔而来。虽然阿梅口才不错，会让丈夫信以为真，但两个人也要装作昏睡不醒的样子，尽管是演戏，但多少也要吃一点。吃多少才合适呢？最好是医生说安静休息两三天、没有生命危险那样的程度。平时吃的巴比妥安眠药应该没问题吧？

光子说："听说小片的那种吃一盒都死不了，我们少吃一点，应该没问题的。我和姐姐在一起，哪怕吃多真死了，我也愿意。"

"嗯，我也一样。"

——我叮嘱阿梅，等丈夫赶来的时候，对他说："她们俩人现在还是昏昏沉沉的，但医生说别担心，没有生命危险，基本上已经清醒过来了，还时不时睁开眼睛。本来想给家里打电话，但小姐肯定会挨骂的，您太太也会被责怪的，所以就没打电话。所以，也请您无论如何要保密。反正今晚也回不去了，您就在这里待几天，看看太太的恢复情况，再和她一起回去，就当是出门旅游的感觉吧。"

阿梅能说会道，应该没有问题，我们在这两三天里装作昏睡的样子，说胡话，一醒过来就哭得很伤心。同时让阿梅一旁帮腔："您要是想救她们一命，恐怕以后就要答应她们的要求。"丈夫再不愿意，也只好同意。

"那什么时候实施？"

"还什么时候啊，我现在就像关在监狱里一样，今天就实行，没有别的机会。"

"我也希望越快越好，不然绵贯又会来找我的麻烦。"

——就在我们商量的时候，丈夫又打来几次电话，看这个样子很难逃跑，即便逃跑，没到滨寺就会被抓回来。要想不被发现抓住，至少需要两三个小时的时间。我本来想对丈夫说"我要睡午觉，你别来电话吵我"，然后从里面锁上寝室的房门，跳窗出逃。可是外面是楼房的白墙，没有踏脚的地方，翻不过去。而且外面就是海滨浴场，人多，众目睽睽之下不宜翻墙。于是我们又商量别的办法，索性这两三天装作老老实实的样子，待在家里，趁着丈夫放松警惕的时候，找机会装作出去游泳的样子，乘机逃跑。于是，我就在家里温顺乖巧地待了两三天，在丈夫出门去上班的时候，对他说："每天关在家里就像病人一样，我今天想去游泳。我就穿一件泳衣出去，就在海边，哪儿也不去。"

等丈夫出门后，我就穿着一件泳衣到海边，阿梅拿着光子的衣服事先在那里等着我。我立即换衣服，把连衣裙直接套在泳衣上，外面再罩一件西服，戴上帽子，把帽檐压低，遮住脸部。海边上人来人往，反而不会引人注意。我最近不穿西服，即使被人看见，也认不出我来。

约定会合的时间是上午十点到十二点之间——这段时间丈夫肯定在大阪。具体选在哪一天呢？从今天算起第三天，只要不下雨，就实施计划。如果下雨的话，或者第四天，或者第五天，让阿梅每天都去海边。

商量妥当后，我又想出一个好主意，让光子在第二天晚上就去滨寺。如果丈夫给她家打电话，家里人就回答说“光子昨天去滨寺了”；如果丈夫给滨寺打电话，光子就亲自回答“姐姐不知道我到这里来，她应该不会来的”。这样，丈夫就以为我没有跑远，说不定游泳淹死了，首先在海上搜救。然后等时间差不多的时候，让阿梅通知我家里：“太太刚才过来了。我没在意的时候，出了大事了……”这样子计算一下，等家里人发现我不在就得花一个半两个小时，然后再通知大阪的丈夫，他再到处询问，等回到香栌园还需要差不多一个小时，接着是在海边搜救、附近寻找，也得要一两个小时，等接到阿梅的电话，马不停蹄地从香栌园赶到滨寺也还要一小时二三十分钟——这样加起来就有五六个小时的时间，对我们绰绰有余，各种准备都可以做到游刃有余。只是阿梅比较辛苦，前一天就陪光子来到滨寺，第二天十点之前必须赶到香栌园，在海边的酷暑烈日下等一两个小时。也说不定那一天去不了，她第二天、第三天还要来。不过，光子说：“那个丫头做事绝对放心。她也喜欢干这种事。”我们周到绵密地策划，确保万无一失，我和光子还互相鼓励“旗开得胜”。一点左右，光子离去，前后脚丈夫就回来了，真悬，幸亏今天没有出走。

三十

对……第三天我离家出走，天气晴朗，一切都按照计划实施，十点过后，我穿着泳衣出门，来到海岸边，阿梅已经在那里等候。我和她交换一下眼色，默默往前走七八町左右，接过她手中的印花布连衣裙，从头顶套下去，再接过里面装有十日元的手提袋，打开阳伞，遮挡面部，和阿梅各走各的路，急急忙忙走上国道。运气不错，恰好来了一辆出租车，上车后直奔难波，不到十一点半就抵达滨寺的别墅，三十分钟后阿梅也回来了。

“姐姐，你来得好快啊。没想到一切都很顺利。好了，不要磨磨蹭蹭了，不然就会来电话的。”

光子带着我走出主房，来到建在院子中间的叫作什么“庵”的茅草葺顶的房屋里。进去一看，枕边已经摆好安眠药和水。

我换上西式浴衣，和光子相对而坐，心想这会不会是最后一面啊，会不会真的死去啊？

“万一有个三长两短，阿光也会随我去吗？”

“姐姐，我正想说这句话呢。”

我们相拥而泣。

接着，光子拿出两份遗书，一份写给她的父母亲，另一份写给我的丈夫，让我看。我也把我写的遗书拿出来，互相念了一遍。我们都把遗书当作真正的遗书来写。尤其是光子在给我的丈夫的遗书中这样写道：“抱歉至极，我把您的太太带走了。请您视为这是命运的安排，顺其自然吧。”

我想，丈夫看了以后，一定会忘记对她的怨恨，而感动于心吧。我看着这遗书，竟觉得自己真的要死去，不像死都不行。

大约过了一个小时，听见阿梅的吧嗒吧嗒的木屐声跑进来：“小姐，小姐，今桥来电话了。要是您还没有吃药，去接一下吧。”

光子慌慌张张地奔出去，接完电话，回来说道：“一切都安排好了。好了，别磨蹭了。”

我们再次互相紧握颤抖的双手，做最后的告别，然后把药喝下去。

后来我听说：大概过了半天时间，我们才完全失去意识，晚上八点左右，还时不时睁开眼睛，眼珠滴溜溜转动着看着四周。对之后两三天的事，我毫无记忆。……只是觉得头疼、胸闷、恶心想吐，坐在枕边的丈夫像幻影般蒙眬恍惚映在眼帘里。就是说，我连续不断地做了无数个梦。我梦见我和丈夫、光子、阿梅一起去什么地方旅行，睡在旅馆只有六叠的房间里。我们躺在一张挂着蚊帐的床上，我和光子睡中间，丈夫和阿梅分睡两边。……这个梦境模模糊糊地残留在脑子里。后来回想房间里的样子，梦中的房间与现实的房间的景象交织在一起。也是后来听说的，夜深以后，我被转移到隔壁的房间里，光子醒过来时，梦呓般一直喊着："姐姐、姐姐……姐姐怎么不在了？把姐姐还给我！还给我！"边喊边哭，没有办法，又把我搬到原来的房间里。这是梦见旅馆的房间，另外还有许多莫名其妙的怪梦，好像也是在一家旅馆睡午觉，听见光子和绵贯在旁边低声说悄悄话：

"姐姐真的睡着了吗？"

"不能让她醒过来。"

嘀嘀咕咕地说话，听得断断续续，我昏昏沉沉，听得迷迷糊糊，这是什么地方？肯定不是笠屋町的旅馆，我正好背对着他们睡觉，看不见两人的样子，但不用看也知道是他们。我到底还是被他们欺骗了。光子准是只让我一个人吃药，她自己没吃，看我昏睡过去，就把绵贯叫来。啊……啊……我实在太愤恼、太愤恼了，恨不得跳起来撕下他们的假面具！可是，虽然心里这么想，但身体不听使唤，想发出声音，越是着急，舌头越僵硬得无法动弹，甚至都睁不开眼睛……啊，怎么办？我不知道怎么才能发泄我心中的怨气，不知不觉又迷糊睡了过去。……然而，谈话还在继续，持续好长时间，可是，那男的声音好像不是绵贯，变成了我的丈夫，真是怪事！……丈夫怎么会在这里呢？不知道他和光子的关系竟然这么亲密！

“姐姐会生气吗？”

“不会的，这正是园子的本意啊。”

“这样的话，我们三个人就成为好朋友了。”

——这样的对话断断续续传入我的耳朵里，我至今也没明白，这是他们的真实的对话呢，还是我梦中的想象……我知道……这都是自己神迷意乱中毫无根据的幻觉，极力否定这应该不会存在的事情。此外，我还做了很多无法忘记的梦——起初以为那些梦境简直就是荒唐无稽，随着药效的缓解，其他梦境逐渐消失，唯独这个梦境深深烙在脑子里，令我深信不疑。

我和光子喝的安眠药的剂量完全一样，但我昏睡的时间长，因为光子在十一点左右吃了早午饭，胃里有东西，我早饭就没怎么吃，急急忙忙逃出家门，活动了一上午，胃是空的，药一喝下去，全部被吸收，在我昏睡不醒的时候，光子把吃下去的药全都吐了出来，这样她很快就恢复了意识。

可是，后来光子对我说："我昏昏沉沉的，会不会把身边的人当成姐姐了？"

如果是这样的话，那只能怪罪丈夫，但后来他告诉我：第二天下午，阿梅去主房后，丈夫守在我身边，看着我，给我扇扇子赶苍蝇。这时，光子迷迷糊糊地呼唤"姐姐、姐姐"，一边朝着他这边靠过来。丈夫怕把我吵醒，就把光子抱回去，给她重新放好枕头，盖好被子。……丈夫以为她睡着了，就没有在意，可是不知不觉间，到他意识到的时候，却已经无法逃脱光子的手心。丈夫在男女之道上没有经验，像小孩子一样单纯。我相信丈夫对我说的是真话。

三十一

事情就是这样，现在追究究竟是谁勾引对方已经没有意义，一旦开了头，尽管丈夫也觉得对不起妻子，但照样重复同样的错误。细想起来，不能说丈夫没有责任，不过我对他表示理解。以前我多次说过，丈夫和我的夫妻生活很不和谐，我总是在外面招蜂引蝶，这样也造成丈夫出轨的潜意识。他这个人，不像有的男人找艺伎、喝大酒，不知道如何设法填补自己得不到满足的欲望，所以很容易陷入女色的圈套。一旦陷进去，就如开闸洪水一样，狂热盲目的热情冲毁理智和意志的堤坝，汹涌澎湃地燃烧起来。丈夫的狂热超出光子的十几二十倍。坦然地说，我对丈夫的心情变化基本可以理解，但不明白光子怎么会有这种打算。她是半梦半醒状态下的逢场作戏呢，还是另有明确的目的？——就是说，她打算让丈夫取代绵贯，故意引发我们夫妻之间的相互嫉妒，以便玩弄我们于股掌之上呢？——这个女人渴望自己的崇拜者越多越好，难道这个坏毛病故态复萌了？或者是她拉拢丈夫的一种手段？——“无意中做了对不起你的事，不过这样子可以让他站在我们一边。”光子这个人的心事错综复杂，城府深密，也许是各种动机的纠结加上一时冲动才苟合的吧。

他们后来才向我坦白这件事，当时我处在半昏半醒状态，没有想那么深，只是感觉自己“又被骗”了。阿梅来到我枕边说道：“太太，您放心吧。您家先生一切都会听你们的了。”听了她的话，我半是高兴半是幽怨，并没有表现出喜悦的样子。他们两人大概已经隐约感觉到了我的疑虑。

第三天晚上，医生说：“可以下地了。”

第四天早上，我们离开了滨寺。

光子对我说：“姐姐不用担心了。明天我去你家里，把详细情况和你商量一下。”

她嘴上这么说，但我觉得她有点内疚，口气显得冷淡。

也许丈夫事先已经和光子商量好，送我回香栌园，说“有急事要处理，必须马上去事务所”，就立即出门走了。晚上八点多回家，说“吃过晚饭了”，似乎害怕我找他谈话。

但是，我知道他这个人，干了骗人的事，在心里藏不住，肯定憋不住要说出来的，现在只是让他多难受一会儿，一副佯作不知的表情，到了睡觉时间，我就先躺下了。丈夫显得更加心神不定，到十二点，他依然翻来覆去睡不着，时不时半睁着眼睛悄悄观察我，听我的呼吸声。即使是黑着灯，我也能感觉出来。

又过了一会儿，他拉着我的手：“喂，怎么样？好点了吗？头还疼吗？要是还没睡的话，我有话想和你说。……你……大概知道了吧？……请你原谅我，就当作命该如此吧。”

“啊，我还以为我是在做梦呢……”

“原谅我吧。好吗？你说一句原谅我。”

尽管他苦苦哀求，我没有说话，只是抽泣呜咽，他抚摩我的肩膀，安慰我：“我想那是一场梦。……那是一场噩梦，我想忘掉它。……但是，我忘不了，因为我第一次体会到恋爱的心情，现在我才理解你那种轰轰烈烈、忘乎所以的狂热。你总是抱怨我缺少激情，其实，我也有激情的啊。咱们这样吧，我原谅你，你也原谅我吧。”

“你这样做，是在报复我。你现在和那个人勾结在一起，试图孤立我……”

“你胡说些什么？我还不至于那么卑鄙！我现在更加理解你的心情，怎么会做让你伤心的事呢？”

他还说，今天从事务所下班以后，和光子小姐见了面，只要我以后认可他们的关系，所有的事情他都包下来，不必担心绵贯来欺负我们，他会把他收拾得老老实实。光子小姐大概明天会到家里来，可是见我觉得难为情，让丈夫“先替我向姐姐道个歉”。丈夫说自己不是绵贯那样不讲信用的人，既然允许绵贯那样做，难道就不能允许自己吗？

的确，丈夫不会做骗人的事，但是我担心的是光子。丈夫说自己与绵贯不同，你们尽可放心。然而，对我来说，正是这“不同”才是最让我担心的原因。因为光子从丈夫身上第一次品味到真正男人的幸福，她会以前所未有的认真热情投入丈夫的怀抱，她会以“正常的男女之爱要比不正常的恋爱更加宝贵”这样冠冕堂皇的理由把我抛弃，而不受良心的谴责。……如果光子搬出这个“歪理”，丈夫大概也不会说她错，结果两边也被她说服，弄不好丈夫保不住提出“和光子结婚”的要求。

“我和你阴差阳错结为夫妻，性格不合造成双方的不幸，还是分手吧。”——总有一天丈夫会对我这么说的吧？我平时总是把恋爱自由挂在嘴上，如果丈夫这么说，我也不好表示不同意吧。世人都觉得我这种人离婚是必然的。现在就考虑将来的事，似乎有点杞人忧天，但我感觉这一定就是我的命运。

现实的问题是：如果现在不答应丈夫的要求，明天就见不到光子，于是依然抽抽搭搭地说："我不是不相信你，我总有一种不祥的预兆……"

"你尽说蠢话！这完全是你的胡思乱想。我们三个人，只要有一个人不幸，就一起死。"丈夫也哭起来。两个人一直哭个通宵。

三十二

第二天开始，丈夫就为获得光子家的认可和解决绵贯的问题而四处奔走。他首先去德光小姐的家里，拜会她的母亲，说自己是"光子小姐的好友园子的丈夫，受光子小姐的委托前来拜访"，然后说小姐现在受到一个恶棍的纠缠，接着历数这个男人的斑斑劣迹，尽管小姐的贞操没有遭受玷污，但这个卑劣无耻的家伙到处宣扬小姐怀上了他的孩子，还制造谣言说"小姐和我的妻子是同性恋"，完全是无根无据的凭空捏造。还说："他还伪造所谓的'誓约书'，强迫小姐签字盖印。现在他的手可能很快会伸到府上来，并施行威胁，请您千万不要相信他的话。我最清楚小姐的纯洁清白。小姐与我妻子没有任何不正当的交往，我作为丈夫完全可以证明。我作为光子小姐的朋友，受小姐之托，自然责无旁贷，鼎力相助，请您就把这件事交给我来处理吧。小姐的人身安全也由我全权负责，如果那个男人到家里来，您就让他去今桥的事务所找我，不要见他。”

——从不撒谎的丈夫，为了爱情，竟然到了如此连蒙带骗的地步，凭着三寸不烂之舌把光子的母亲唬得目瞪口呆。接下来，丈夫去找绵贯，结果用钱摆平，把绵贯扬言要卖给报社的誓约书照片及其底版、还有丈夫写的借据统统要了回来。就两三天的时间里，丈夫神速利落地办好这些事。虽然丈夫手段高明，但那个绵贯也不是吃素的，不会把手里的证据轻易交出来。我和光子还是不放心，虽然拿到了照片底版，但绵贯会不会还有复制的东西呢？他会不会还有什么企图呢？

“你给了他多少钱？”

“他开口要一千日元，我给了他五百。”丈夫胸有成竹地说道，“我把那小子玩弄阴谋诡计的证据掌握在手里，用钱解决了，以后不会再来威胁捣乱了。”

事情的发展正如我们所计划的那样顺利，只有阿梅倒了霉，光子的家人说她“你整天跟着小姐，发生这么大的事却不及时告诉家里”，把她辞退了。她肯定恨死我们了——这也难怪，她为我们鞍前马后，不辞辛劳，追随奔忙，却落得如此下场。我们没有为她着想，考虑欠妥。阿梅临走的时候，我们给她买了好多东西让她高兴。可是我们做梦也没想到的是，阿梅后来竟报复我们。

丈夫去了光子家，对她的母亲说“尽管放心”，她的父亲后来亲自到今桥的事务所表示感谢，母亲也来我家里，说“光子这孩子很任性，请你们把她当作小妹妹看待。只要她上这儿来，我们才能放心，以后她想去哪里，都必须和你们在一起”，对我们充满无限的信任。

阿梅走了以后，换了一个女佣，名叫阿咲。光子每天都无所顾忌地带她过来玩，有时还在家里过夜，我母亲没说什么。

虽然对外关系都安排妥当，但家庭内部关系矛盾凸显，比绵贯那时候更加疑神疑鬼，猜忌日深，仿佛每天都在地狱里备受煎熬。这其中的原因错综复杂，过去有笠屋町的旅馆，我和光子见面十分方便，现在没有了这个地方。即便有，也不能把一个人扔下，而另两个人一起行动，最终只能三人待在家里。这样一来，我和丈夫总有一人妨碍了另外两人的行为。而且每个人都十分在意自己的行动，光子来我家之前，每次都要给今桥事务所打电话告诉他“我现在去香栌园”，于是丈夫也就立即赶回来。因为大家相约互不隐瞒，所以对光子事先通知丈夫，我也不好说什么。可是，光子本来可以早上就过来的，可她总是在下午两三点才过来，所以我们俩单独相处的时间非常短暂。而且丈夫接到光子的电话后，立即放下手头的工作，飞也似的赶回来。我说："你干吗这么迫不及待啊？我和光子连说话的时间都没有。"丈夫的回答不是说"本来想晚一点回来，可刚好手头没有工作"，就是说"不在一起，越想越操心，还是在家里，大家在一起，心里踏实，如果我妨碍了你们，我可以到楼下去"，要不就说"你们两个还有时间在一起，我却一点儿也没有，也得给我一点啊"。后来，在我逐步逼问下，丈夫才交代说："其实，光子给我打电话的时候，很生气地说：'我给你打电话，你为什么不早回来？可见你不像姐姐那样对我有感情。'"

我无法判断光子的嫉妒心有几分发自真心，有几分只是手段，有时候简直是疯疯癫癫的样子。例如我有时叫丈夫"亲爱的"，她听了，满眼泪水，抱怨道："你们俩现在不再是夫妻了，怎么还叫他'亲爱的'？"她说人前这么称呼不得已，可私下应该叫他"孝太郎"或者"阿孝"，丈夫也不应该叫我"园子"或者"你"，应该是"园子姐"或者"姐姐"。

这还算好的，有一次，她拿来安眠药和葡萄酒，说道："你们两个喝了睡觉，我不走，要看着你们睡着了再走。"

我起先以为是开玩笑，原来她是认真的，她说："这是请人特别配制的，效果很好。"

她拿出两包药粉，分别摆在丈夫和我的面前:“既然你们发誓忠诚于我，那就把这个吃下去，证明一下自己。”

这会不会是毒药啊？让我一个人长眠不醒？——这么一想，我惊出一身冷汗，她的一再催促，也让我疑心更重。我目不转睛地盯着光子的脸，丈夫也同样恐惧胆怯，拿起白色的药粉放在手上，好像与放在我手心里的药粉颜色进行比较，眼光在我和光子的脸上转来转去。光子有点发火了:“怎么还不喝啊？怎么还不喝啊？……哦，我明白了，你们合伙欺骗我。”接着浑身颤抖着痛哭起来。

看到这样子，我也豁出去了，把手里的药送到嘴边，正准备喝下去时，默默看着我的丈夫突然叫道:“园子！”一下子抓住我的手腕，“你……你等一等！命运莫测，我们把药对换一下，看谁的命大。”

“好。对，我们同时喝下去！”

我们终于把药喝了下去。

三十三

光子的计谋终于得逞，使得我和丈夫无端互相猜疑、互相嫉妒。每天晚上，我们被她逼迫着喝药的时候，我就无端怀疑只有自己服用的是真的药，而丈夫服用的是假药，装作睡觉的样子。这么一想，我就假装吃药的样子，其实打算扔掉。但这一套瞒不过光子的眼睛，她盯得很紧，这还不放心，最后说“我喂你们吧”，站在两张床之间，平等地把药放在自己的两只手上，让我们仰卧着，张嘴，把药倒进我们的嘴里，然后双手各拿一只给病人喝水用的长嘴玻璃杯，慢慢地往嘴里倒水。“多喝一点水，药效更明显”，她一边说着，一边往我们嘴里倒两三次水。我们没办法，有时极力想坐起来，有时装作睡着的样子。她不许我们翻身，不许侧卧，只能仰卧。她坐在两张床之间，眼睛一眨不眨地看着两个人睡过去，观察我们的呼吸和眼皮的动静，用手抚摩我们的心脏，使用各种方法进行检测，直到我们真的睡过去，她才离去。她这么一做，我们夫妇连说悄悄话的机会都没有。丈夫也好，我也好，现在连相互摸摸手的欲望都没有，再没有比我们更安全的夫妇了。

“可是，你们毕竟睡在一个房间里，所以得吃药。”药效减退后，她就加大剂量，重新配制。由于药劲过大，醒过来后感觉晕晕乎乎，一睁开眼睛就恶心难受，后脑勺麻木，手脚乏力，胸口沉闷，烧心，没有力气起床。丈夫也是如此，脸色蜡黄苍白如病人，黏糊糊的嘴里残留着药味。

他叹口气说道：“这样下去，说不定真的会中毒死去。”

看他这样子，的确吃了药，倒让我放心了。可是，我们的疑虑越来越深，觉得这是一场骗局。

“为什么每天都要逼着我们吃药？”

“是啊。为什么呢？”丈夫满脸疑惑地盯着我。

“她不是知道我们不会睡在一起吗？是否有其他什么目的？”

“你知道她有什么目的？”

“我不知道。你知道吧？”

“我不知道。你应该知道吧？”

“我们这样互相猜忌也不是办法，我总觉得她想让我睡过去。”

“我也是这么想的。”

“滨寺那时候不也这样吗？”

“是啊，我觉得这回该是我了。”

“阿光走的时候，你睡着了吗？我希望你说实话。”

“是的，你呢？”

“药劲那么大，醒都醒不过来。”

“这么说，你也的确吃了药了？”

“当然了。你看我这煞白的脸。”

“你也看我的脸。”

两个人这样谈论着，到八点时，光子打电话来：“喂，你们还不起来吗？”丈夫揉着惺忪的睡眼爬起来，没有办法，只好天天上班去。我即使困得实在受不了，但光子说“八点过后，你不许待在寝室里”，实在受不了，只好到楼下，坐在走廊的藤椅上打盹儿。所以，我倒是睡得充足，而丈夫疲惫至极，到了事务所，脑子昏昏沉沉。他真想多睡一会儿，但光子说他“你就想着在姐姐身边多待一会儿”，所以他每天不管有事没事都得出门，有时说“去事务所睡个午觉回来”。

当时我对丈夫说：“阿光对我不说什么，可对你管得挺严，这个不行那个不行，这说明她更爱你。”

丈夫却说：对不爱的人才会虐待。她这样折磨我，其目的就是让我筋疲力尽，产生不了情欲，以便你们两人为所欲为。还有更可笑的：安眠药弄得我们两个人毫无食欲，吃晚饭的时候，不想吃饭，但不吃饭的话，肠胃发空，药力的发作更快，所以要尽量多吃点，甚至还竞争看谁吃得多。光子见状，说道：“吃这么多，药就不起作用了，每人不许超过两碗。”最后她坐在饭桌旁边监督我们吃饭。

现在回想起来，当时那样的身体状态能坚持下来，真是不可思议。胃很虚弱，每天还要吃大剂量的安眠药，一时无法吸收，大白天也总是神志不清，自己是活着还是死了都分不清楚，脸色越来越苍白，身体越来越消瘦，更可怕的是感觉越来越迟钝。但是，光子如此虐待折磨自己，连饭都不给吃饱，而她自己则好吃好喝，养得红光满面。我们像仰望太阳一样对光子充满无比崇敬的心情沐浴她璀璨的光芒，不论我们多么疲惫不堪、无精打采，只要一见到她，立即获得重生的力量。这就是我们活在世上的唯一乐趣。

光子还说：“不论你们多么神志恍惚，只要一看见我，就会立即精神振奋吧？如果没有这种感觉，说明你们的热情还不够。”于是，通过兴奋的程度可以分辨出哪一个人具有强烈的激情，这样子，强迫我们吃安眠药更是必不可少的了。就是说，她已经对平常的热情不感兴趣，她需要药力抑制后再迸发燃烧的情欲才能满足自己。——结果我们两个人就像没有灵魂的空壳人一样，对世界失去所有的兴趣，只活在光子的辉煌的阳光里，不会再去追求其他任何的幸福。如果我们拒绝吃药，她会大为光火，又哭又闹又骂，她以此检验我们对她的崇拜程度，这是她愉悦的心理过程。虽然光子以前也曾有过这种现象，但发展到歇斯底里般的地步，应该还有别的原因。我想也许是受到绵贯的影响吧。

就是说，光子接触的第一个男人有心理缺陷，她已经习惯，而此后接触的是健康的男人，她就用对待绵贯那样的方式来对待这个男人。否则，她有什么必要如此残忍地破坏男人的感觉呢？

过去有阴魂、冤魂附体的说法，从光子的情形来看，好像是绵贯的魂灵附在她身上作祟，日益严重厉害，令人毛骨悚然。不仅光子如此，就连身心健康、思维正常的丈夫，也不知不觉间被偷换了灵魂，变得女里女气，疑神疑鬼，令人讨厌，苍白的脸上堆着谀媚奉承的微笑取悦光子。这种时候，他的言行举止、表情口气，无不表现出阴险奸诈、卑躬屈膝的媚态，那声音、眼神就是一个活生生的绵贯的再现。我深刻感受到，人心的变化会在外表上表现得如此淋漓尽致。

对于这种魂灵作祟，不知道先生有何见解？也许先生会认为这是微不足道的迷信吧？可是绵贯这个人报复心极强，也许暗中使用什么可怕的妖术咒文陷害我们，把自己的魂灵附在丈夫身上吧？

她对丈夫说："觉得你变得越来越像绵贯。"

他回答说："我自己也有这样的感觉……阿光打算让我变成第二个绵贯。"

到了这种地步，丈夫则是一切都听天由命，不仅没有拒绝光子让他变成第二个绵贯的要求，甚至还感觉非常幸福，到最后竟然主动要求吃药。在光子看来，三个人已经不可救药，都不会有好下场，想开了，爱怎么着就怎么着，因为多半会自暴自弃起来。不过，我想，她会不会通过安眠药把我们慢性杀死啊……她内心深处潜藏着这样阴险的企图吧？……不仅是我，丈夫也这么认为，他说"自己也做好了这种思想准备"。等到我们皮包骨头变成幽灵以后，她或许就可以大功告成，适时收手，变成一个高雅的良家闺秀，找个好夫婿成家。

丈夫说："我和你都面无人色，就阿光一个人活蹦乱跳、精神抖擞，肯定是这个目的吧。"

我们都想开了：当身体衰弱到感觉不到任何喜怒哀乐的时候，也就意味着走到了人生的尽头。我们的生不过是为了等待随时的死。

啊……要是我和丈夫如愿同时被杀，那该是多么幸福啊！然而，出现了意想不到的结果，事情是报上的那篇报道引发的。记得是九月二十日前后吧，一天早晨，丈夫对我说："你起来。"我不知道怎么回事，他说："不知道谁送来的。"说罢，把我们从来不看的某报纸的社会新闻版面翻开。我一瞧，刊载着绵贯写的那份誓约书的放大照片，标题十分耸人听闻，还用红笔在指印部分画了双圈。而且还预告说：记者手里还掌握有大量材料，将连续揭露那些有闲阶级的丑陋行径。

"你看看，我们还是被绵贯耍了。"我当时感觉自己意外地冷静沉着，没有丝毫抱怨、忌恨的心情，第一个反应就是"该来的终于来了"的感觉。

"哼，蠢货！现在写这些东西，有什么用！"丈夫脸色煞白，僵硬的脸颊上挤出一丝冷笑，"不要紧，不要紧，别理他！"

好在这是一家小报，读者往往对其所报道的事情不足为信，所以人们大概不会信以为真。丈夫立即给光子打电话："有人给我们送来这样的报纸，阿光那里也有吗？”光子连忙寻找：“啊，也有，也有，幸好别人没看到。”然后揣在怀里，急急忙忙跑来，“这可怎么办？”

我起先觉得绵贯手里卖给报社的材料写不出什么对自己不利的报道，何况我和光子的关系的流言也不是自今日始，没什么大不了的事，用不着惊慌失措。

两三天后，光子的家里人也知道了这件事，丈夫还去解释说：“又是那个可恶的家伙捣的鬼，伪造签字，拍成照片，手段实在阴险毒辣，完全可以告他了。”光子家里人听了以后，才放下心来。

可是，报上的报道连续好几天，逐渐开始涉及事情的真相，连对绵贯不利的事情也都无所顾忌地揭发出来，包括笠屋町的旅馆、奈良之行、光子假怀孕肚子垫东西与丈夫见面等事实。这些事情绵贯一无所知，都一一抖搂出来。照此下去，滨寺的假自杀、丈夫卷入旋涡之中……一切的一切都会暴露在光天化日之下。更令人感觉蹊跷的是，我和光子之间的通信都收藏得严严实实，没有给任何人看。其中一封我写给光子的信——感情袒露，激情奔放——不知什么时候被人偷了，拍成照片，清清楚楚地登在报纸上。偷信的人，除了阿梅，不会有其他人。直到这时，我们才发觉阿梅和绵贯狼狈为奸，串通一气。阿梅被辞掉以后，还两三次来我家里玩，到处转悠察看，感觉有点怪。她走的时候，我们该做的都做到了，我心想她来还是想要钱的吧，我们也不会再给她钱，所以没有理她。在报上刊登报道的前两三天，她又来了，莫名其妙地对光子冷嘲热讽一通，就走了，后来不再露面。

“真是个忘恩负义的小人！她在我家时，从来没有把她当作下人看待，一直都是以姐妹相称的……”

“被你惯坏了。”

“恩将仇报……姐姐和我对她那么好，她还有什么不满意的？”

“看来还是被绵贯收买了……”

——我们的初步分析是：报社起先是按照绵贯提供的材料进行调查，从中发现被隐瞒的事情，于是找到阿梅，抓住不放。但也有可能绵贯从一开始就和阿梅勾搭上了，把自己的秘密毫无廉耻地统统卖给报社。

不管哪一种情况，事到如此，火烧眉毛，不能有丝毫的犹豫不定，否则光子就不能迈出家门一步。她说“还是照以前商定的方式解决吧”，但每天还在商量来商量去，当然最后决定去滨寺。

这件事在报上已有详尽报道，先生大概已经知晓，所以我不再啰啰唆唆地重复。……我讲了这么长时间，精神兴奋，感觉有点逻辑混乱……现在只是说几点报上没有报道的事情：

首先，提出“以死了断”并做出安排的是光子小姐。记得发现信函被盗那一天，她就把能成为证据的所有资料都拿到我家里来，说：“现在家里也不安全了。”我问道：“烧了吗？”“不，不。我说不定哪一天突然死去，就把这些作为遗物留给你，请姐姐妥善保管。”

光子还让我清理自己身边的物品。两三天后，十月二十八日下午一点左右，她来到我家里：“家里越来越不对劲，今天回去的话，恐怕再也出不来了。我又不想逃跑被抓，干脆就在上一次那间房间里死吧。”

于是我们就把那张观音菩萨像挂在枕边的墙上，三人一起敬香。我说：“有观音菩萨导引，死了也幸福。”

丈夫也说道：“我们死后，如果有人把这幅菩萨像称为‘光子观音’而参拜，我们都能得到超度。”

到了阴间，我们都互相不吃醋争吵，和睦相处，就像侍立在观音菩萨两边的胁侍一样。

于是，三只枕头并排，光子躺在中间，我和丈夫躺在她两旁，喝下了安眠药。

……是啊？是这样的。当时我想为什么就我一个人没死呢？第二天，我睁开眼睛，本想追随他们而去，但一转念，觉得我活下来也许不是偶然，我感觉自己至死都被他们所欺骗。甚至让我保管信函之事都令人怀疑，他们不希望在阴间受到我的干扰。

啊……先生……[1]要是没有这样的猜疑……我也不会苟且偷生到今天……人已故去，任何怨恨都无济于事，我至今对光子只有思念、怀念，而不是憎恨、懊悔……啊，我这样痛哭流涕，请您宽恕……

① 柿内夫人潸然泪下。——作者注

秘密

那时候，我心血来潮，萌生远离一直围裹在自己身边的喧嚣氛围的念头，从由于形形色色的关系而不得不打交道的小圈子内的男男女女中悄悄逃离出来，并且四处寻找合适的隐居地，终于在浅草松叶町一带发现真言宗寺院[1]，于是在里面租借住持的一间房屋开始归隐生活。

沿着新堀河岸，从菊屋桥径直走到寺院后门，这座寺院就坐落在十二阶下这个错落杂乱杂沓狼藉的 Obscure（昏暗）街区里。[2]这一带是一大片贫民窟，就像一个被掀翻的垃圾箱，而寺院橙黄色的土墙在其边缘上长长延伸，给人一种沉稳、凝重、寂寥之感。

在选择隐居地上，我从一开始就认为涩谷、大久保这样的郊外，不如在市内找一个僻静萧条、异常冷落的去处为宜。犹如湍急的河川随处都有一些水流淤滞的深潭，在市井喧闹的小巷之间，肯定会有闹中取静之处，闲静得只有特定的人在特定

---

① 真言宗寺院，即东本愿寺。

② 新堀、菊屋桥、十二阶下都是浅草地区的地名。明治时期，浅草建有当时最高的十二层塔形建筑，名为“凌云阁”，俗称“浅草十二阶”。后毁于关东大地震。凌云阁周边有很多“铭酒屋”（表面上是酒馆，实际上是私娼），人们以“十二阶下女”称呼她们。

情况下才会从那里经过。

同时，我还这么想：

我非常喜欢旅行，去过京都、仙台、北海道，直至九州，但东京的街道，对于我这个生于人形町①，在此地居住了二十年土生土长的本地人来说，一定还有未曾去过的地方。不，肯定比我想象的要多。

东京的市井街区，大街小巷纵横交错，密如蛛网，我去过的地方，我没去过的地方，孰多孰少，无从判断。

记得十一二岁的时候，随父亲一起去参拜深川的八幡宫②。

父亲说："过了河，我带你去冬木③的米市吃有名的荞麦面。"

那一次，父亲领着我走到神殿的后面。那里的风景与小网町、小舟町周边的水渠大异其趣，河窄岸低，流水涨溢，混浊的水流从两岸鳞次栉比的住家房屋之间挤过去倦怠慵懒地流去。小渡船从几艘纵向排列的、看似比河宽还要长的小货船、舢板④的缝隙之间穿过去，抵着河底撑两三篙，往返渡河。

我以前也多次去八幡宫参拜，但从未想过到神殿后面去看

① 人形町，东京都中央区的地名，在日本桥。

② 八幡宫，日本信仰的神。清和源氏、桓武平氏等信奉的武运之神。按照日本的神佛习合的观念，也称为八幡大菩萨，在神社内修建神宫寺。

③ 冬木，东京都江东区的町名。

④ 舢板，运送货物的小型木船。

看，总是从正门的鸟居[①]进去，只参拜大殿，所以自然而然地认为，大概就像看全景立体画[②]那样，只有表面，没有背面，风景到此为止。而现在出现在眼前的是河流和渡口，前面是无边无际的地面，看到这辽阔的谜一样的景色，竟觉得恍若屡屡遇见的离东京十分遥远的梦境，比京都、大阪更远。

此后，我开始想象浅草观音堂后面的街道是什么样子，脑子里只是清晰地描绘着从仲店街[③]望见宏伟的朱漆大殿的屋脊的模样，没有别的东西。逐渐长大以后，随着见识的增加，时而访友，时而赏花，时而游山，感觉足迹遍布东京，也曾多次与孩提时代经历过的那种不可思议的异样世界不期而遇。

我觉得只有这样的异样世界，才是最理想的隐匿之处，四处寻觅，发现有很多地方自己从未涉足。尽管多次走过浅草桥与和泉桥，但位于两桥之间的左卫门桥就没走过。[④]要去二三町的市村座[⑤]，总是沿着电车线路走，在一家荞麦面馆处右拐，而从那家剧场一直往前走二三町就到达的柳盛座[⑥]，记得

---

① 鸟居，日本神社入口处所建的大门，类似于中国的牌坊，用以表示神域。

② 全景立体画，英文 panoerama，18 世纪发源于英国的一种艺术形式，在绘有背景的墙壁前配置草木、房屋模型和人物造型等，以营造出实景效果的大型风景画。

③ 仲店街，即现在的仲见世街，从雷门进去，便是一条长约 250 米的商店街，出售传统商品，具有江户情趣。再往里走，就是浅草寺。

④ 浅草桥、和泉桥、左卫门桥都是架设在神田川上的桥。神田川现有桥梁 141 座。

⑤ 市村座，建于江户时代的歌舞伎剧场。江户三座之一。1932 年毁于火灾。

⑥ 柳盛座，歌舞伎小剧场。在浅草桥。

从来就没有走过。从过去的永代桥[1]右岸桥边看左岸，什么样的景色，就不得而知。至于八丁堀、越前堀、三味线堀、山谷堀一带，不知道的地方似乎还有很多。

松叶町的寺院附近，是我未曾涉足的地方中最奇异的街区。六区[2]和吉原[3]近在咫尺，拐过一条胡同，就是岑寂荒凉之所在，极合我意。我抛却多年来亲密无间的好友——“奢华热闹而又平凡的东京”，悄然隐居此地，潜心静气地旁观它的纷扰喧嚣，着实令人愉快。

我隐居并非为了学习。那时我的神经如磨损的锉刀，尖利的棱角已经磨钝，除非接触到色彩浓艳、强烈刺激的东西，其他一切都无法让我产生些微的兴趣。即使像需要细腻的感受性才能品味的一流艺术、一流料理，我都无法玩赏。我曾满心感动地在茶室观赏被称为“市井一绝”的手艺，[4]我曾欣赏仁左卫门、雁治郎[5]的戏曲之美，我醉心都市一切世俗的娱乐，造成心灵的恣肆颓唐。出于惰性，我每天过着毫无情趣的怠惰生活，日复一日，难以忍受，所以打算寻找一种摆脱窠臼的、与众不同的、自我设计的 Mode of life（生活方式）。

---

① 永代桥，隅田川上的桥梁。

② 六区，即浅草六区，一条娱乐商业街。1884 年建造浅草公园时，划分七个区。此处为第六区。

③ 吉原，风俗街。

④ 指现场制作和式点心。

⑤ 指片冈仁左卫门、中村雁治郎，二人皆为歌舞伎演员。

有什么不可思议的怪诞的东西能够让我已经对一般性的刺激习以为常、麻木不仁的神经战栗发抖呢？难道我不能栖息于远离现实的、野蛮荒唐的梦幻般的空气之中吗？这么一想，我的灵魂时而迷失于远古的巴比伦、亚述的古代传说的世界里，时而徘徊于柯南·道尔[①]、黑岩泪香[②]的侦探小说里，时而眷恋于阳光炽烈的热带焦土和绿野，时而憧憬于淘气的少年时代那反常的恶作剧。

我想，忽然从喧闹的世间隐遁起来，一味将这个行动视为秘密，仅此就已经给自己的生活赋予某种神秘而浪漫的色彩。我从小就深切体验到“秘密”这种东西的趣味。捉迷藏、寻宝、御茶坊主[③]等游戏——尤其是晚上，在昏暗的储藏室、双开门房间前面玩这样的游戏，会品味到特别的情趣，一定主要是其间潜藏着“秘密”这种不可思议的心情。

我为了再次体验年幼时候捉迷藏那样的心情，特意隐身于一般人注意不到的平民区的隐蔽之处，这是一座真言宗的寺院，其教义主旨与“秘密”“巫术”“符咒”等深有渊源，这也

---

① 柯南·道尔（1859—1930），英国作家。因成功塑造福尔摩斯这个侦探人物，开辟了侦探小说的黄金时代，风靡世界。代表作有《福尔摩斯探案全集》等。

② 黑岩泪香（1862—1920），明治时代的作家、推理小说家、记者。代表作有《铁假面》《岩窟王》等。

③ 御茶坊主，儿童游戏。多人围坐一圈，其中一人扮鬼，蒙着眼睛，手持放有茶碗的托盘，坐中间，然后膝行至别人前面，说“××，请喝茶”，如果说对对方的名字，对方就扮演鬼。

勾起我的好奇心，觉得非常适合激发我的妄想。房间是住持新扩建的住宅的一部分，坐北朝南，八叠大小，由于阳光照晒，榻榻米略显茶色，却反而给人安然温暖的感觉。午后，和煦的秋阳如幻灯般照射在檐廊的隔扇上，如火赤燃，室内恰似一盏亮堂堂的纸罩灯笼。

于是，我将过去经常阅读的哲学、艺术之类的书籍统统摆到书架上，而将诸如魔术、催眠术、侦探小说、化学、解剖学等怪诞神奇故事以及附有大量插图的书籍凌乱地放在地板上，就像入夏为防虫蛀、发霉而晒书一样摊放一地，这样我躺下来，可以随手拿书阅读。其中还杂有柯南·道尔的 *The Sign of Four*（《四签名》）、德·昆西的 *Murder, Considered as One of the Fine Arts*（《被看成是一种艺术的谋杀》以及《一千零一夜》的民间故事、法国的莫名其妙的 Sexology（性学）的书籍等。

在我的一再恳求下，住持将其珍藏的《地狱极乐图》《须弥山图》《涅槃图》等许多古老佛画借给我看，就像学校的教员备课室里的地图那样，我在墙上挂满这些画。壁龛的香炉，一直宁静地升起笔直的紫烟，温暖明亮的房间弥漫着淡雅的熏香。我时常去菊屋桥周边的店铺购买白檀、沉香木，添放在香炉里燃焚。

天气晴朗的日子，中午灿烂的阳光照射在隔扇上，整个房间亮堂堂的，呈现一派耀眼的壮观。色彩绚烂的古画上，那些诸佛、罗汉、比丘、比丘尼、优婆塞、优婆夷、象、狮子、麒麟等，仿佛披着充盈的光芒从四壁的画纸中游动出来。榻榻米上凌乱的无数书籍中的那些残杀、麻醉、魔药、妖女、宗教——形形色色的傀儡，融进线香的烟气里朦胧升起。我每天都躺在只有两张榻榻米大小的红毛毡上，野蛮人一样的混浊的眼珠一动不动，心中描绘着种种幻觉。

晚上九点左右，等寺院的僧人们入睡以后，我便大口喝起威士忌，趁着醉意，卸下檐廊的挡雨板，跨过墓地的树篱，出去散步。为了尽量避人耳目，我每天晚上都换上不同的衣服，时而混杂在公园的人群中，时而在旧货店、旧书店物色游逛。我的化装时常别出心裁，有时候头巾包颊，身穿竖条纹短和服外衣，在精心修剪的脚指甲上涂抹红色指甲油，然后光脚穿着竹皮草履；有时候戴着金边墨镜，身穿披肩式和服外套。假胡子、痣、痦子等，脸上的小装饰也经常变换，觉得非常有趣。一天晚上，我在三味线堀的一家旧服装店看到一件蓝底雪珠小花纹的女式和服夹衣，就迫不及待地想试穿一下。

我对和服布料，不仅仅是喜欢色调雅致、图案脱俗，更是具有一种强烈细腻的眷恋之心。不单是女式和服，只要一看见、触摸到美丽的丝绸时，总会产生一种心灵颤动的感觉，就像凝视恋人的肌肤所达到的快感高潮。尤其是我最喜欢的特级绉绸，那些女人都能够无所顾忌、随心所欲地穿着上街，我甚至对她们有如此的待遇心生嫉妒。那家旧服装店里顺溜水灵垂挂着的细纹绉绸和服夹衣——一想到这种柔细、厚重、清凉的布料紧紧粘裹在肉体上的舒适，我就不由自主地浑身战栗。我想穿着这样的服装，像一个女人在街上行走。……这么一想，我毫不犹豫地将它买下，顺便还买了友禅染和服长衬衣、黑绉绸和服外褂。

那件和服应该是高个子女人穿过的，对于小个子的我来说，大小正合适。夜深人静的时候，我对着镜子偷偷开始化妆。先是将练白粉厚厚地抹在黄鼻梁上，这个瞬间的脸相略显怪异，接着双掌将白色的黏液在整个脸上反复均匀地抹开，感觉附着性很强，芳香气味的凉爽露珠沁入毛孔，皮肤所感受的愉悦别有风味。涂上口红和抛光粉后，如石膏般一片雪白的脸上顿时生动活泼起来，变成一副活色生香的女子姿容，异常有趣。我因此知道，歌舞伎演员、艺伎乃至一般女性以自己的肉体为素材进行化妆的技巧远比文人、画家的艺术饶有情趣。

和服长衬衣、和服衬领、内裙，还有窸窣作响的红绸里子衣袖——我的肉体体验到和所有女性的皮肤同样的感觉，从后脖颈到手腕都涂白，戴上银杏卷发髻[①]的假发，再罩上日莲式

① 银杏卷发髻，发髻上部左右分开，梳成半圆形顶髻，状似银杏叶子。

防寒头巾[①]，勇敢地混入夜晚大街的人群里。

那是一个阴云密布的黑暗夜晚，我在水渠密集、荒凉寥落的千束町、清住町、龙泉寺町一带转悠，巡警、行人似乎都没有注意到我。冰凉的夜风吹拂，像是将一枚薄薄的水果皮贴在我干燥的脸上。头巾的布遮挡在嘴边，由于呼吸变得又热又湿，而且每走一步，绉绸长内裙的裙摆都纠缠在脚上。紧紧裹在心窝和肋骨之间的宽幅腰带，以及围在骨盆上的捋腰带的感觉，都自然而然地让我体内的血管开始流淌女人的血液，而男人的心态和姿态似乎逐渐消退。

从友禅染的衣袖里伸出涂抹白粉的手，发现健壮的线条在黑暗中已经消失，浮现出白皙、丰满、柔软的手腕。我对自己美丽的手看得入神。我极其羡慕拥有这样一双滑若凝脂玉手的女人。要是像戏曲中的弁天小僧[②]那样，利用这种女人的形态犯罪，该多么有趣啊。我怀着类似让侦探小说、犯罪小说的读者终于因“秘密”“疑惑”而感觉兴奋的心情，逐渐开始向行人众多的公园六区的方向走去，而且可以把自己断定为就是一个杀人、抢劫的残酷无情、无恶不作的坏人。

从十二阶前走到池[③]畔，来到歌剧院前的十字路口，这里

① 日莲式防寒头巾，四方形，套在头上，只露出眼睛，主要用于防寒。
② 弁天小僧，歌舞伎《青砥稿花红彩画》中的人物弁天小僧菊之助，男扮女装干坏事。
③ 这里的“池”，指的是瓢箪池。

的彩灯和弧光灯把我浓妆艳抹的脸照得亮堂堂，衣服的色泽和纹饰清晰可见。走到常盘座①前面的时候，看见自己站在熙熙攘攘的人流中的一个出色女性的美丽姿态映照在路尽头一家照相馆门口的大镜子里。

我把“男人”这个秘密深藏于厚厚的脂粉之下，眼神、嘴型、笑容都模仿女人，惟妙惟肖。我的身上散发着甘甜的清香，衣服发生低声私语般的窸窣摩擦声，与我擦肩而过的女人们，都毫不怀疑地以为我是她们的同类。还有的女子对我温柔优雅的表情、古色古香的衣服投来看似羡慕的眼光。

在深藏“秘密”的我的眼里，平时公园夜晚司空见惯的喧嚣都觉得非常新鲜。所到之处，所见之物，如同初次接触，倍感珍奇。欺骗别人的眼睛，瞒过电灯的亮光，将自己潜藏在浓厚的脂粉和绉绸衣裳里面，隔着一道“秘密”的帷幕观看世界，所以平平常常的现实就被涂抹上梦幻般的不可思议的色彩。

此后，我几乎每天晚上都男扮女装地出去，有时居然泰然自若地混在观众之中，或在宫户座②站着看戏，或去看电影。回到寺院一般都将近十二点，一进房间，就点上油灯，也不解开衣服，拖着疲惫不堪的身体，一头躺在毛毡上，整个身子像散了架似的，但依然十分爱惜的眼光注视着和服绚丽的色彩，

① 常盘座，位于浅草公园六区的剧场、电影院，是浅草第一座剧场。

② 宫户座，浅草公园里的小剧场。

有时无聊地晃动和服的衣袖。我凝视着镜子里的自己，开始剥落的白粉渗透进粗糙松弛的脸颊皮肤里，一种颓废的快感如陈年葡萄酒一样醉人心魂。身后是那一张《地狱极乐图》，我穿着色彩花里胡哨的和服长衬衣，像妓女一样柔若无骨地趴在被子上，翻阅那些奇奇怪怪的书籍，直至深夜。我的装扮也逐渐变得越发精致、大胆，为了引导自己突发奇想，就把匕首、麻醉药装在腰带里外出。当然不是去犯罪，而仅仅是为了尽情地感受犯罪所产生的罗曼蒂克的气味。

一周后的一个晚上，一个意外的、不可思议的因缘，成为我遇到一起更加奇怪、更加诱人、也更加神秘的事件的端倪。

那天晚上，我多喝了几杯威士忌，正坐在三友馆[①]二楼的贵宾席上，大概将近十点吧，场内几乎满员，空气混浊，如雾气弥漫，那黑压压的、挤成一团的人群，不声不响地晃动着，飘浮着溽热的气息，仿佛要蚀化我脸上的白粉。黑暗中，咔嚓咔嚓卷动的胶卷播放着电影，每次当令人目眩的光线强烈刺激我的眼睛时，我便感觉酒醉的脑袋炸裂般地疼痛。电影有时会中途暂停，忽然开灯，楼下观众头顶上浮动的烟雾如同从谷底升腾上来的云雾，我从紧紧包裹的日莲式防寒头巾里面，透过朦胧的烟雾，环视着场内满满当当的人们的脸。我看见有的男

---

① 三友馆，位于浅草的电影院。

人目光好奇地窥看我古式的日莲式防寒头巾，有的女人以渴望的眼神偷看我色调时尚、穿着得体的和服，不由得暗自窃喜。在场的女观众中，无论是装束打扮的奇特，还是身段的婀娜多姿，乃至容貌美色，似乎没有任何人像我这样惹眼。

我坐在贵宾席上的时候，旁边的位子应该没人坐，但不知不觉间坐满了人，当电影暂停两三次开灯的时候，我发现左边的位子上坐着一对男女。那女的看似二十二三岁，其实大概有二十六七岁吧。盘着三环发髻，全身裹着特级绉绸的天蓝色斗篷，貌美如花，娇艳欲滴，仿佛故意炫耀她的姿容。虽然无法断定是艺伎还是大家闺秀，但从陪伴她的那个绅士的气质来看，似乎不像是良家妇人。

"...Arrested at last..."（"……终于被捕了……"）

女人轻声地念着银幕上的台词，一边对着我的脸吐出 M.C.C. 牌[①]土耳其卷烟的浓郁香气，一边在黑暗中用比她的戒指更锐利闪耀的大眼睛注视着我。

她的声音如三味线的太棹[②]一样嘶哑，与娇娆柔美的外表极不相称。——这声音让我想起两三年前乘船去上海旅行途中，在船上邂逅、有过露水姻缘的那个女人 T。

记得当时那个女人的做派和服装让人无法分辨究竟是商

---

① M.C.C 牌，始于 18 世纪的女士香烟品牌，高档烟草的一种。

② 三味线大致可分为细棹、中棹、太棹三种，声音依次降低。

女还是良家女，在船上陪同她的男人，与今晚她身边的这个男人，无论外貌风度，两人都截然不同。大概在这两个男人之间，还存在过无数的男人，像锁链一样贯串女人过去的生涯。总之，可以确定，这个女人属于像蝴蝶一样在男人与男人之间穿行的种类。两年前，我在船上结识那个女人的时候，出于种种考虑，一路上两人都没有把自己的真实姓名、住所、现状告诉对方。就这样，我彻底欺瞒了这个眷恋我的女人，悄然消失。此后我在梦中所见的那个太平洋旅途上的女人竟然出乎意料地在这里相遇。当时她略显微胖，如今消瘦下来，倒是显得高雅清秀，长睫毛，剪水双瞳晶莹圆润，秋波流转，甚至具有不把一切男人放在眼里的凛然威风。红唇妖艳，仿佛只要一碰就会渗出鲜血，后发际线遮掩到耳垂，这嘴唇和耳朵依然如旧，没有变化。不过她的鼻子比以前稍显挺拔。

我无法确定她是否关注到我。灯一亮，她就和身边的男人窃窃私语，偷偷调情，也许只是把我视为一个普普通通的女人，瞧不起我，并没有特别注意到我。其实，坐在她身边，我对自己一直自鸣得意的伪装不能不感到自卑。我被她那种表情自由变换、浑身上下气势生动的妖女魅力所压倒，感觉自己用尽各种技巧设计的妆容和服饰竟然是丑陋低俗的怪物。无论是女子的品味，还是美貌姿色，自己都不是她的竞争对手，如月前的寒星，黯然失色。

在朦胧笼罩着的污浊空气中，看见她从斗篷里伸出柔软的手，如水中游鱼般娇艳华丽，清晰地浮现在自己眼前。她和男人谈话的时候，时而抬起梦幻般的眼珠仰望天花板，时而蹙眉俯看观众，时而露出整齐的皓齿微笑，每次都洋溢着各不相同的情趣，流光溢彩。那一双灵动传神又黑又大的秀目，犹如两颗闪耀的宝石，从远远的楼下角落都可以看见。她脸上所有的器官都不仅仅用于看闻听说，满含着风情韵味，分明就是勾引男人之心的美味香饵。

电影院内的观众已经没有一个人关注我。我竟然愚蠢地开始对夺走我人气的女人感到愤怒和嫉妒。这个曾经被我始乱终弃的女人，竟然以她的美貌魅力让我黯然无光，让我丢尽脸面，我深感窝囊悔恨。也许这个女人已经认出我来，故意进行这种嘲弄般的报复吧。

我胸中燃烧的妒火逐渐变成恋慕之情，既然作为女人的竞争我败下阵来，现在我想作为男人再次征服她，重新体验胜利的自豪。这么一想，在难以抑制的欲望驱使下，我恨不得立即一把抓住她柔软的身子，用力摇晃。

你知道我是谁吗？今夜久别重逢，我再次恋上了你。难道你无心与我再度握手吗？难道你没有明晚再来此处与我相会之心吗？我不喜欢把自己的住处告诉他人，只是希望你明晚这个时候到这里等我。

我从腰带里取出纸和笔，在黑暗中草草写上几句，然后悄悄放进她的衣袖里，接着又若无其事地看着前方。

她平静地看电影，直至十一点多电影结束，就在观众们纷纷站起来嘈杂地拥向门口的混乱之际，她又一次在我耳边嘀咕道：

“...Arrested at last...”

比刚才更大胆、充满自信地凝视着我的脸，然后和那个男人一起淹没在人群里。

“...Arrested at last...”

她已经认出我来了。我不由得不寒而栗。

她明天晚上会应约而至吗？她比过去更加历练老到，我却不知深浅，贸然行事，这不是反而被她抓住弱点了吗？我怀着忐忑不安、疑虑恐惧的心情回到寺院。

我像往常那样脱下上衣，身上只剩下一件长衬衣，这时忽然从头巾里掉出来一张折成正方形的小纸条。

“Mr S. K”。

纸条上的墨水字迹在灯光映照下，闪烁着丝绸般的光泽。的确是她的笔迹。看电影的时候，她好像去了一两次卫生间，其间她很快写好回信，神不知鬼不觉地塞进我的衣领。

在意外之处遇见意外之人，即使乔装打扮，这三年里梦寐难忘之人，岂能逃过我的眼睛。我从一开始就认出头巾女人就是您。您一如既往地喜欢猎奇，令人可笑。您说与我相会大概也是出于这种猎奇心理吧，不过，因为大喜过望，也就无暇忖量，唯照所言，明晚必候。只因我亦有不便之处，有所考虑，请您于九点至九点半之间前来雷门。我派遣之车夫前去接您，带来寒舍。正如您的住所不能示人一样，寒舍也无法示人，故而您在车里一路上必须蒙上眼睛，尚请原谅。倘若您不能同意，那我就永远无法见到您，悲伤莫过于此。

我读着这封信，不知不觉地感觉自己变成了侦探小说中的人物。脑海里翻卷着怪异、好奇、恐惧的旋涡。我也可以这么认为：这个女人对我的性格了如指掌，故意采取这样的行动。

第二天晚上，大雨如注。我换上与平时完全不同的服装，同色大岛绸的长和服和外褂，外面套上一件防水外衣，撑着甲斐绸的雨伞，顶着倾盆大雨出门。新堀河岸的大街积满雨水，我把短布袜揣在怀里，光着脚丫蹚水而过，浑身上下湿漉漉的，在两边住宅灯光的映照下，脚丫泛着亮光。滂沱暴雨自天上倾泻下来，雨声的喧嚣盖过一切声音，平时热闹的广小路[①]大街也都挡雨板紧闭，有两三个男人，撩起衣襟，像战败逃窜的士兵在水里奔跑。除了电车冲开轨道上的积水通过之外，只有电线杆和广告上的灯光无精打采地照射着大雨中迷蒙的夜空。

我的防水外衣、手腕直至胳膊，都被淋湿，好不容易来到雷门，有气无力地呆立雨中，透过弧光灯，观看四周，不见一个人影。也许她藏在暗处，正窥视我的样子。想到这儿，我便原地站立不动，一会儿，只见从吾妻桥那边的暗处游动着一盏红色提灯的火光，一辆老式的多人乘坐的人力车咣当咣当地沿着电车轨道行驶过来，准确地停在我面前。

“先生，请上车。”

车夫头上的圆形斗笠，戴得很低，穿着雨衣，他的声音几乎消失在流过车轴的雨声中，还没等我反应过来，他突然转到我身后，用白纺绸布迅速蒙住我的双眼，并且绕了两圈，绑得很紧，把我鬓角的皮肤拧曲。

“那就请上车吧。”

他粗糙的手抓着我，急急忙忙地拉我上车。

---

① 广小路，东京上野南北走向的繁华街道。

车篷里一股湿漉漉的气味，车顶上是雨水敲打的声音。我感觉自己的身边无疑坐着一个女人。白粉的香味和温暖的体温弥漫着闷热的车篷里。

车夫抬起车辕，为了隐蔽方向，在原地转了两三圈后才出发，右拐，左拐，感觉在 Labyrinth（迷宫）中转来转去，有时在电车路上行驶，有时穿过小桥。

我在人力车里摇晃了好长时间，身边的女人自然应该是T，但是她默不作声，身子也一动不动。她在车上大概是为了监视我是否严格遵守蒙眼的约定的。不过，即使没有人监督，我也不会解下眼罩的。海上旅行时认识的梦幻一般的女人、瓢泼大雨夜晚的车篷里、夜都会的秘密、盲目、沉默——所有的一切都融为一体，把我投进一个浑然不知的神秘的迷雾里。

一会儿，女人将一支香烟塞进我紧闭的嘴唇里，划火柴为我点烟。

大约一个小时后，车子终于停下来。男人粗糙的手又拉着我下车，然后沿着一条小路走了约两三间，吱嘎一声推开像是屋后的栅栏门，走进屋里。

我依然蒙着眼睛，独自坐在客厅里，不久，听见隔扇拉开的声音。女人不声不响地如美人鱼一般扭动着身子一点点蹭到我跟前，仰起上半身靠在我的膝盖上，然后伸出双臂，绕到我的脖子后面，轻轻解开白纺绸的眼罩。

这是一间大约八叠的房间，建筑、装修都很讲究，用的都是上等木料，正如不知道这个女人的真实身份一样，这房子看不出是待合茶屋[1]、别宅，抑或是上流社会女性的住宅。檐廊外面栽种着茂密的树丛，再往前就是板墙环绕。仅凭眼前所见，根本无法判断这座住宅位于东京的什么方位。

“欢迎您的光临。”

她靠在客厅中间的四方形紫檀桌上，一双白皙的手臂如两只活物，随意地趴在桌面上。她身穿带领的素雅条纹绉绸和服，系着双面腰带，梳着银杏卷发髻，与昨晚相比，别有一番风情，这首先就让我大吃一惊。

“您大概觉得我今晚的装束打扮很可笑吧。为了隐瞒我的身份，我只好每天这样改头换面。”

她拿起倒扣在桌子上的玻璃杯，一边说一边往里面倒酒，她的神态比我想象的要文静优雅，也消沉低落。

“难得您还记得我。上海一别，周旋于众多男人之间，十分辛苦。但奇怪的是，我无法忘记您。这一次请您不要抛弃我。就当我是一个不知底细的女人，一直陪伴着我吧。”

女人的一字一句都如同从遥远的国度传来的旋律，满含哀韵，让我怦然心动。昨晚那个娇艳、好强、聪慧的女人，怎么

---

① 待合茶屋，供客人吃喝作乐的地方，有一部分带有色情意味。

竟然会显示出如此忧郁、诚实的一面呢？她好像把一切都置于脑后，只想把自己的心扉毫无保留地袒露给我。

朦胧中的“梦中的女人”“秘密的女人”，现实还是幻觉无法分清的 love adventure（爱情冒险），这种趣味让我几乎每晚都要与这个女人相会，玩到半夜两点左右，然后再蒙着眼睛，把我送回雷门。两个多月里，我们互不知道对方的住所，互不知道对方的姓名。我丝毫没有试探女人现状、窥探女人住所的想法，但日复一日，时间一长，出自我奇怪的好奇心，无论如何想知道自己乘坐的车子要把我们两人带到东京的哪个方向，蒙住双眼经过的地方是在浅草的哪一边，仅此而已。路途所需的时间有时三十分钟，有时一个小时，有时一个半小时，一直在街上奔跑，但我觉得女人的住所也许就在雷门附近。每天晚上在车里摇晃的时候，我不由自主地推测这一带是什么地方。

一天晚上，我终于忍不住恳求车上的女人：“能不能把眼罩取下来呢？哪怕一小会儿也行。”

“不行。那可不行。”

女人慌忙使劲按住我的双手，还把脸压上去。

“请您不要这样任性。这条路线是我的秘密。您若是知道了我的秘密，也许我会被您抛弃的。”

“为什么会被我抛弃呢？”

“要是那样的话，我就不再是‘梦中的女人’了。与其说您爱恋我，不如说您爱恋的是梦中的女人。”

我好话说尽，但是她没有答应我的恳求。

“真没办法，那就让你看一眼吧。……就看一眼哦。”

她叹了口气，一边极不情愿地解下眼罩，一边脸色不安地问道：“知道这是哪里吗？”

美丽晴朗的夜空，暗淡的繁星闪烁明灭，银河如白色的云霞流向无涯的天边。狭窄的道路两旁的商店鳞次栉比，灯火璀璨，一派热闹景象。

然而，令人不可思议的是，如此繁华街道，我竟然不知道是在什么地方。车子沿着街道一直往前，大约跑过一两町的距离，前面的尽头竖着一块写有“精美堂”三个大字的印章店招牌。

我试图从车上远远地辨认招牌边上写着具体地址的小字，女人立即发现，“哎呀！”一声，又把我的双眼蒙上。

热闹的商店街的小路尽头有一块印章店招牌——我思来想去，觉得自己以前肯定没来过这里。我再次被孩童时代所体验的谜团世界的感觉所引诱俘虏。

“您看清招牌上的字了吗？”

“没有。我根本不知道这是什么地方。我对你的生活，只知道三年前太平洋波涛上的那点事。我似乎被你引诱着来到这遥远大海彼岸的梦幻国度。”

听我这么一说，女人用极其悲切的语调说道：“我恳求您，您就一直保留这样的感觉吧。您就认为我是一个住在幻影国里的梦中女人吧。以后您不要再像今晚这样任性了。”

女人似乎流下了眼泪。

后来好长一段时间，我都无法忘记那天夜里所看到的不可思议的街景。灯火辉煌的热闹小路的尽头有一块印章店的招牌，深深地烙在我的脑海里。我煞费苦心一定要找到这个地方，终于想出一个办法。

由于长年累月每天夜晚都在车上被拉着到处转悠，我心中慢慢琢磨出车子在雷门转圈的次数，以及行驶过程中左拐右拐的次数都有一定之规。一天早晨，我站在雷门角上，闭着眼睛原地转两三圈，觉得这个时候应该差不多了，便用和人力车同样的速度朝一个方向跑出去。只能按照自己感觉的时间，在各处的胡同左拐右拐，果然，如自己所想的那样，有桥有电车轨道，我相信肯定是这条路。

这条路线是从雷门出发，绕到公园外面，往千束町方向，再沿着龙泉寺町的小路向上野行驶，在车坂下左拐，顺着御徒町大街走七八町，再左拐，果然在街道尽头看见印章店的招牌。

我望着招牌，像探寻藏着秘密的岩洞深处一样的心情，毫无顾忌地走过去。走到小路尽头的街上，没想到原来这里就是每晚都有夜市的谷竹町街道的延伸。往前两三间远的地方，就是自己曾经买过碎花绉绸和服的旧衣店。这条小路横向连接三味线堀和御徒町大街，怪不得我觉得自己以前没有来过此处。我站在让我伤透脑筋的精美堂招牌前久久注视。没有灿烂星光的夜空下如梦如幻的神秘气氛，没有红色灯火流光溢彩的夜晚风情，只有灼人的秋阳照射下单调贫瘠的人家，我顿时大为失望和扫兴。

我又为难以抑制的好奇心所驱使，像在路上嗅着气味寻找自己归窝的狗一样，继续寻找那个女人的住所。

这条路又进入浅草区，从小岛町右拐再右拐，在菅桥附近穿过电车轨道，在代地河岸朝柳桥方向拐过去，就到达两国的广小路。这时，我已经明白女人为了让我不能判断方位，是绕了怎样一个大圈。走到药研堀、久松町、浜町，再走过蛎浜桥，我就不知道前面该往哪里走。

我感觉女人的家应该就在这一带，大约花费一个小时，我在附近的小胡同里进进出出来回寻找。

我在道了权现[①]对面的密集居家之间穿行，当我发现一条细窄得几乎无法辨认的小径时，凭直觉可以断定女人的家就隐

① 道了权现，神奈川县足柄市大雄町曹洞宗最乘寺的通称。这里指最乘寺东京别院。

藏在这里面。我走进去，右边的两三户人家，都围着露出漂亮杉木纹的板墙，二楼栏杆处，松树叶后面，女人死人般的脸直勾勾地盯视着下面的我。

我不由得抬起眼睛，嘲笑般的目光看着二楼。女人面无表情地看着我，装作一副陌生人的样子。她的容貌与夜间的感觉迥然不同，即便装成一个不认识的人，也不会引起我的怀疑。只是因为答应一次男人的恳求，解开他的眼罩，结果暴露了自己的秘密，悔恨、失望的情绪形于颜色，很快就静静地隐入隔扇里面。

她名叫芳野，是那一带一个富豪的遗孀。与那一块印章店的招牌一样，一切谜底都已经揭开。我此后就抛弃了她。

两三天以后，我忽然搬出寺院，迁往田端。我的心逐渐对“秘密”这种温暾浅淡的快感不再感到满足，我渴望追求更加色彩浓烈的、鲜血淋漓的欢乐。

犯罪的某种动机

当博士的家属得知杀害博士的凶手竟然是他的忠实仆人、书生[①]中村时，无不大为震惊。遗孀、公子、小姐，一个个都战战兢兢，魂飞魄散。因为关于凶手出于什么动机导致实施犯罪行为、善良的博士又因何原因而遭此厄运，完全出乎他们的意料。——因为人们一般在毫无征兆的情况突然大难临头，尤其是在经过周密巧妙策划的极其阴险卑鄙的阴谋加以实施——如同实施一项事业的时候，那种恐惧惊骇更是无以复加的。就是说，他们痛感：一个人不论多么善良、幸福，随时随地都可能成为灾难的牺牲者。此事不仅对博士是真理，对凶手中村也是真理。因为——在他们眼里——中村和博士都同样是幸福的、善良的人。他们只能认为，如果说博士遇害是偶然的灾祸，那么凶手中村在他脑子里产生杀人动机也是偶然之祸害。

那时——就是F侦探通过无可辩驳的指纹指认犯罪行为成立，并且在犯罪现场，即博士的书房里当着遗属的面逼迫其坦

---

① 书生，学仆，住在别人家里一边打杂一边读书的学生。

白时，中村的嘴角露出一抹浅笑，一边挠头，似乎在说“糟了”，一边平静地说道：“啊，你们都知道了吗？——不过，我也没有办法。是我杀的。”

他的态度沉着镇定，而没有狡辩耍赖，还是和平时一样，像一个正直忠实的书生的样子，令人不可思议。他的言行举止还是和以往的中村毫无二致，非常合乎他的身份。如果非要寻找不同点的话，就是他的脸色比平时略显苍白。

“确实是我杀的。大家一定大吃一惊吧。但是，我并没有发疯，是在精神正常的情况下实施的。请你们深恶痛绝地憎恨我吧！”

说罢，他环视一遍遗孀、公子、小姐等所有在场的人，羞涩地笑起来。这时，他的苍白脸颊上泛出处女般的红晕。

“你们一定感到疑惑，我为什么在精神正常的情况下杀死先生？为什么会产生杀害平时蒙受大恩的博士的动机？对我来说，理由是明确的；但对你们来说，这是无法想象的理由，想象不出来，也是理所当然的。”

“那么，你说说什么理由。”

首先发问的是博士的儿子。也许他对书生这一番话感兴趣，说话的口气异常从容，甚至显得比平时客气。

“您不用问，我也会讲给你们听。”中村流露出哀诉的眼神，继续说道，“这个理由，我不知道该怎么说，才能让你们听得明白。其实，我一直想有机会向你们讲述，但没想到来得这么快，令人感到意外，所以我没有做好前后有序地讲述的准备。……但不管怎么说，还是要讲给你们听。我杀害先生的理由，怎么说呢？一言以蔽之，就是没有杀害理由里有理由。不言而喻，先生人品高尚，而且是幸福家庭的一家之主，生活美满。先生的身边人，夫人、公子、小姐，都和先生一样纯洁优雅。其实，岂止你们，就连我，既受到你们的关爱，又能为你们服务，为营造圆满家庭的美好氛围仆效微力。我是打算竭尽全力地忠诚正直效力于先生，这一点也得到了你们的信任。那么，我为什么要杀害先生呢？究竟有什么原因呢？先生如此圆满的人格力量、先生的家庭如此美满幸福，这些就是直接的原因。关于这一点，我就得先说说我的性格……”

中村说到这里，略一停顿，仿佛痛苦地深吸一口气：“总体上说……”他声音微颤，给人一种严肃的感觉，“总体上说，我自己也不知道什么时候开始的，但从很早以前就感觉到这个世界十分凄冷，毫无情趣。我这么说，也许你们认为这是由于我所处的生活境遇才会产生这种感觉。我原本从小就是一个无依无靠的孤儿，住进先生的家里之前，一直过着辛酸孤苦的日子，所以不能说过去的经历对我没有影响，但我的厌世观绝非取决于外界环境，而是由我自身形成的，如此的根深蒂固，在我天生秉性中就已经包含它的萌芽。我之所以觉得人世无聊，不是因为自己在世上不能随心所欲，而是因为我对这世上的任何东西都无法怀有意愿。说得再深入一点，就是我感觉这世上没有任何真实的东西，没有任何希望获得的、真正有价值的东西，一切都是虚无的，一切都不过如此而已。尤其这两三年来，这种心态逐渐深入体内，如难以治愈的痛苦重度的沉疴吞噬着我的精神和肉体。是的。它已经吞噬我的肉体，我不仅心有所感，我的身体已经产生明显的感觉。我不近酒色，你们以为我是一个品行端正的青年吧，这并非出于我坚定的意志，其实正是毫无意志的表现。我当然知道，美味佳肴肯定好吃，艳丽美女肯定漂亮，但过后又会立即想到，美味佳肴是什么，娇艳美丽是什么，如果付出一些努力，就能得到这两样东西，那未免愚蠢荒唐，无聊至极。对于这样的物质欲望，不在我眼里，但如果连对精神上的事物也都陷入毫无感觉的麻木状态，那是怎样的落寞啊，恐怕你们是无法想象的。你们觉得我是一个温和顺从的青年，其实这是因为我毫无感动。由于我没有意志，只是对你们唯命是从，除此之外，我没有自己的生活方式。不过，我的人生中至少还有'你们'的存在，才使得我保持身体运转的劲头儿。如果没有别人的意志让我身体运转，也许我就只能待在一个地方，停滞不动，最终死去。其实，到后来，我已经不知道自己是死是活，如行尸走肉。——如果有什么可笑的事情让你们开怀大笑，我在一旁看了，也会觉得好笑，但立刻就会想，可笑是什么，这样一来，都懒得一笑。不仅如此，更可怕的是，我甚至还觉得那些笑的人本身就非常愚蠢。不都是尽人皆知的事情吗？又是笑，又是哭，又是感动，结果会变成什么呢？这样的话，人就完了，人生不过是唯一单调的毫无意义的存在而已。——啊，我为着这种可诅咒的心情而长期苦闷烦恼，如果我的这种心情只是单纯地来自厌世观，那还有诉诸哲学、宗教的手段，但是，不好办的是，我刚才说过，它盘踞在我的体质上，在我的厌世观形成之前，它就已经存在。可以说，我的厌世观反而不过是从中诞生出来的结果。我经常思考，任何人大概都无法从道理上断言这世上是否有真实东西的存在。任何人都和我一样，只要冷静地思考，就会认为，无论是笑的时候还是哭的时候，世上的一切事情最后都不过如此而已。但是，人，尽管明白这个道理，遇到可笑的时候还会笑，遇到悲伤的时候还会哭，这就是人之常情。如此一来，自己不是缺少人之常情中的某些东西吗？自己不是没有人应该具备的感情吗？——是的。我没有意志，同时也没有感情，我唯一具有的东西就是冷漠的理性。按照这个理性，世上既没有好的东西，也没有坏的东西。你做了，也不是坏；你不做，也不是坏。所以人无论做什么事都可以，但什么都不做，也没关系。只要你想做，无论是偷窃还是诈骗，都不能说是坏事；你不想做，袖手旁观，倒头睡觉，都没关系。我就这么认为的，只要你不想做，那就什么也别做，对谁也不妨碍。作为一个人，这个想法颇为可悲、不幸，但是，除此之外，我怎么也想不出别的思路，所以我认为这个想法绝对没有错。感觉这个想法是自己人生中最自然、最正确的生活方式……

“啊，我当时的心情至今依然无法忘怀，但其实痛苦万分。对于信仰神、善、道德的人来说，能够循规蹈矩地活着本身就是幸福、就是安心，但是我做不到。对于我来说，循规蹈矩地活着本身就是不断的不幸意识，就是不安的根源。要说我不像人，可是我还真是个人，所以我也感觉恐惧骇然，也感觉毛骨悚然。我觉得，我的想法作为真理是正确的，但作为人大概是错误的。作为人，这是罪大恶极之事，与之相比，偷窃、杀人都算是好事、幸福之事。总而言之，我想成为一个人。想成为一个能哭能怒、能让人哭让人怒的人。我想具有和人一样的感情……”

这时，博士的儿子再次问道：“这么说，你是因为想做点什么，而杀人吗？”

“是的。也许可以这么说。不过，我还是要讲述一下内心深处的一些东西。‘因为想做点什么而杀人’——光凭这一句话说不清楚。——请你们好好考虑一下，在我孤独冷清活着的时候，你们又是过着什么样的日子呢？你们，先生也好、夫人也好、公子也好、小姐也好，有哪一个人体会到我是如何苦不堪言的呢？当然你们会说，这无法体会，体会不到是很正常的啊。是的，我也觉得有道理。可是，你们不但体会不到，自己却过着心满意足、幸福美满的日子。看到你们的样子，就觉得你们一定坚信‘人只要信仰神灵、信奉道德，就绝对没有不幸’的道理。但是，我看你们，则越发加深自己的孤独感，痛切感到自己的不幸，可是你们对我的心情全然无知。你们不仅做梦都没有想到自己的幸福给别人造成痛苦，反而相信会给别人带来幸福，于是阖家沉浸在天伦之乐的温馨气氛中。其实，我对你们并不羡慕，只是对你们将偶然的幸福视为必然的报酬，认为自己必须如此的想法甚为反感，看不下去。因为，照我的说法，你们没有理由必须幸福，我也没有理由必须不幸。你们循规蹈矩地活着，活在信仰里，旺盛的意志与热情是与生俱来的，这既不是你们努力的结果，而且也没有天生的必然性。我认为，你们生来就是这样的人，但其实也没必要生来如此；而我这样的人，自然也是天生如此，但没有任何理由非如此不可。所以，你们的幸福完全是偶然的赐予，先生等你们一家人对此毫无反省，一味认为这本来就应该这样、本来就应该属于自己。我不是想夺走你们的幸福，即使想取而代之，也得等我来生来世，脱胎换骨。我只是想看到你们如自己所标榜的那样，坚持不懈地观察正确的人生观，遵照真理与正义生活，基本承认这一切都是偶然的幸运，这就可以了。而且对我这样不幸的人，也应该有一句安慰的话。比如说‘我们与你相比，的确差距比较大，不过这都是命运，没有办法。很对不起，你也就死了这条心吧’。有这么一句话，然后多少避开我，自己一家人悄悄享受你们的幸福，这不是也算是一种礼貌吗？这不就是真正的正确之路吗？只是一句话的小事，可是你们连这一句都不说，让我感到无限的寂寞。于是，我就只好让你们知道我的不幸，想让你们知道，却没有合适的办法，于是……总而言之，就是‘没有办法’。越是没有办法，越想越郁郁不乐，难以释怀。生气不管用，憎恨不管用，责难你们的熟视无睹也不管用，不论做什么，最终一切‘都不过如此而已’。我对你们，绝对没有鸣鼓而攻之的勇气，也没有怪诞异常的想法，但也因此让我更加苦楚煎熬，一静下来，就感觉喘不过气来……

“……于是，这种令人窒息的重压不断积累的结果，我就产生了杀害先生的念头。我只能这么解释，其实，我一开始并没有杀意——反正杀人‘不过如此而已’——但是，我感觉杀害先生是想做点什么中最荣耀的事情。为什么这么说呢？因为先生是你们中最为幸福完美的人，先生是你们幸福的核心存在，先生不在了，你们也会多少感觉到一些不幸，也会明白过去的幸福全属偶然。——你们能认识到这一点，当然不会产生重大的意义，但绝不是坏事，总比没有认识要好，至少可以教育你们如何具有正确的人生观。而且对于我来说，能够多少消除一些过去的不公平，稍微矫正些许命运的偏祖。我就是这么想的。当然，不仅仅你们，世上还有很多命运比你们更好的人，似乎没有必要把目标针对先生，可是，先生是我最亲近的人，他就在我身边。我这个人怠惰懒散，不想跑到远处去采取行动。事情就是这样，先生在我目之所及的地方，这就是他的灾难，因此同时也是我的灾难。我这么说非常自私自利，但事实肯定如此。我做的事与其说是意志的作用，不如说是水到渠成，顺其自然，所以，请你们做这样的解释：偶然的旁边也有低洼的地方，水会随势而流……”

“不，你不应该这么说。”F侦探以严厉的口气插话道，“你有预谋，制订了非常周密的计划，手段极其阴险毒辣，无论是谁，看了这个案子，都会断定你是故意杀人。难道你还要强辩自己没有杀意吗？”

“哦，你问得好。”中村流露出你的问题正合我意的神情，点了点头，“的确，我制订了非常周密的计划，也考虑使用阴险毒辣的手段。可是，我当时并没有打算实施的意志。最初那个阶段，我不是真要实施，更乐于陶醉在空想之中。对于我这样的人来说，实施不容易，但可以天马行空地幻想。——实际上，如果我不是一天到晚沉溺于空想，怎么能打发无比孤独的时光呢？你们大概想说，有实施的意志才会制订具体的计划，然而，我一般只在空想中满足自我。我的空想不是为了实施，是为空想而描绘空想，据此我能够获得些许的慰藉。只是我的空想带有一定的真实性，越是这样，越会引发我更大的兴趣。这倒是事实，所以我脑子里描绘的计划就极其缜密细致。通过这个计划，我会身临其境般想象实施的具体场面，那种场景清晰地浮现在眼前，进行心理的体验过程。一般情况下，我的想象就到此为止，但因为空想过于接近现实，终于产生真正实施的念头。我完全被空想迷惑，稀里糊涂地做出了这样的事。我这样的人，感觉不出空想与实施之间有多大的距离。本来就是空想，却不知不觉地实施；本来就是实施，却不知不觉地陷入空想，这样的事情不是常有的吗？所以说，'稀里糊涂地做出这样的事'是我最坦诚的坦白。但是，我在空想中并没有深入考虑指纹的问题。空想与实施的不同点仅仅如此。——如果我的空想更深入细致一点，更邃密周到地考虑指纹这样的细节问题，那恐怕就做到天衣无缝了吧。那样的话，我的罪行将长期未能被发现。不过，现在发现了，也并不是什么坏事，只是因为我太不喜欢承受刑罚这种肉体的痛苦。"

然后，中村就被 F 侦探带走了。

"多保重吧……"

他走出书房的时候，还笑眯眯地回头看着在场的人们："早知如此，还是应该停留在空想里就好了。——看来还是我这个人不走运。"

图书在版编目（CIP）数据

秘密 /（日）谷崎润一郎著；郑民钦译. —北京：现代出版社，2022.3

ISBN 978-7-5143-9611-9

Ⅰ. ①秘…　Ⅱ. ①谷…②郑…　Ⅲ. ①中篇小说—日本—现代②短篇小说—小说集—日本—现代　Ⅳ. ①I311.45

中国版本图书馆CIP数据核字（2021）第219346号

秘　密

作　　者：［日］谷崎润一郎
译　　者：郑民钦
责任编辑：申　晶　朱文婷
出版发行：现代出版社
通信地址：北京市安定门外安华里504号
邮政编码：100011
电　　话：010-64267325　64245264（兼传真）
网　　址：www.1980xd.com
电子邮箱：xiandai@cnpitc.com.cn
印　　刷：三河市宏盛印务有限公司

开　　本：880mm×1230mm　1/32
印　　张：7.25
字　　数：125千字
版　　次：2022年3月第1版
印　　次：2022年3月第1次印刷
书　　号：ISBN 978-7-5143-9611-9
定　　价：49.80元